史上最強
日檢N4
文法+單字
精選模擬試題

50音基本發音表

清音

a	ㄚ	i	ㄧ	u	ㄨ	e	ㄝ	o	ㄡ
あ	ア	い	イ	う	ウ	え	エ	お	オ
ka	ㄎㄚ	ki	ㄎㄧ	ku	ㄎㄨ	ke	ㄎㄝ	ko	ㄎㄡ
か	カ	き	キ	く	ク	け	ケ	こ	コ
sa	ㄙㄚ	shi	ㄒ	su	ㄙ	se	ㄙㄝ	so	ㄙㄡ
さ	サ	し	シ	す	ス	せ	セ	そ	ソ
ta	ㄊㄚ	chi	ㄑㄧ	tsu	ㄘ	te	ㄊㄝ	to	ㄊㄡ
た	タ	ち	チ	つ	ツ	て	テ	と	ト
na	ㄋㄚ	ni	ㄋㄧ	nu	ㄋㄨ	ne	ㄋㄝ	no	ㄋㄡ
な	ナ	に	ニ	ぬ	ヌ	ね	ネ	の	ノ
ha	ㄏㄚ	hi	ㄏㄧ	fu	ㄈㄨ	he	ㄏㄝ	ho	ㄏㄡ
は	ハ	ひ	ヒ	ふ	フ	へ	ヘ	ほ	ホ
ma	ㄇㄚ	mi	ㄇㄧ	mu	ㄇㄨ	me	ㄇㄝ	mo	ㄇㄡ
ま	マ	み	ミ	む	ム	め	メ	も	モ
ya	ㄧㄚ			yu	ㄧㄩ			yo	ㄧㄡ
や	ヤ			ゆ	ユ			よ	ヨ
ra	ㄌㄚ	ri	ㄌㄧ	ru	ㄌㄨ	re	ㄌㄝ	ro	ㄌㄡ
ら	ラ	り	リ	る	ル	れ	レ	ろ	ロ
wa	ㄨㄚ			o	ㄡ			n	ㄣ
わ	ワ			を	ヲ			ん	ン

濁音

ga	ㄍㄚ	gi	ㄍㄧ	gu	ㄍㄨ	ge	ㄍㄝ	go	ㄍㄡ
が	ガ	ぎ	ギ	ぐ	グ	げ	ゲ	ご	ゴ
za	ㄗㄚ	ji	ㄐㄧ	zu	ㄗ	ze	ㄗㄝ	zo	ㄗㄡ
ざ	ザ	じ	ジ	ず	ズ	ぜ	ゼ	ぞ	ゾ
da	ㄉㄚ	ji	ㄐㄧ	zu	ㄗ	de	ㄉㄝ	do	ㄉㄡ
だ	ダ	ぢ	ヂ	づ	ヅ	で	デ	ど	ド
ba	ㄅㄚ	bi	ㄅㄧ	bu	ㄅㄨ	be	ㄅㄟ	bo	ㄅㄡ
ば	バ	び	ビ	ぶ	ブ	べ	ベ	ぼ	ボ
pa	ㄆㄚ	pi	ㄆㄧ	pu	ㄆㄨ	pe	ㄆㄝ	po	ㄆㄡ
ぱ	パ	ぴ	ピ	ぷ	プ	ぺ	ペ	ぽ	ポ

拗音

kya	ㄎ一ㄚ	kyu	ㄎ一ㄩ	kyo	ㄎ一ㄡ
きゃ	キャ	きゅ	キュ	きょ	キョ
sha	ㄒ一ㄚ	shu	ㄒ一ㄩ	sho	ㄒ一ㄡ
しゃ	シャ	しゅ	シュ	しょ	ショ
cha	ㄑ一ㄚ	chu	ㄑ一ㄩ	cho	ㄑ一ㄡ
ちゃ	チャ	ちゅ	チュ	ちょ	チョ
nya	ㄋ一ㄚ	nyu	ㄋ一ㄩ	nyo	ㄋ一ㄡ
にゃ	ニャ	にゅ	ニュ	にょ	ニョ
hya	ㄏ一ㄚ	hyu	ㄏ一ㄩ	hyo	ㄏ一ㄡ
ひゃ	ヒャ	ひゅ	ヒュ	ひょ	ヒョ
mya	ㄇ一ㄚ	myu	ㄇ一ㄩ	myo	ㄇ一ㄡ
みゃ	ミャ	みゅ	ミュ	みょ	ミョ
rya	ㄌ一ㄚ	ryu	ㄌ一ㄩ	ryo	ㄌ一ㄡ
りゃ	リャ	りゅ	リュ	りょ	リョ

gya	ㄍ一ㄚ	gyu	ㄍ一ㄩ	gyo	ㄍ一ㄡ
ぎゃ	ギャ	ぎゅ	ギュ	ぎょ	ギョ
ja	ㄐ一ㄚ	ju	ㄐ一ㄩ	jo	ㄐ一ㄡ
じゃ	ジャ	じゅ	ジュ	じょ	ジョ
ja	ㄐ一ㄚ	ju	ㄐ一ㄩ	jo	ㄐ一ㄡ
ぢゃ	ヂャ	づゅ	ヂュ	ぢょ	ヂョ
bya	ㄅ一ㄚ	byu	ㄅ一ㄩ	byo	ㄅ一ㄡ
びゃ	ビャ	びゅ	ビュ	びょ	ビョ
pya	ㄆ一ㄚ	pyu	ㄆ一ㄩ	pyo	ㄆ一ㄡ
ぴゃ	ピャ	ぴゅ	ピュ	ぴょ	ピョ

● 平假名 | 片假名

前 言

日本語能力試驗（JLPT）著重的是「活用」，因此出題方向並非單純的文法考試，而是考驗學習者是否能融會貫通運用所學的單字和句型。若不了解題目的文意，那麼是無法在 JLPT 中拿下高分的。因此，學習者在記文法背單字之外，更重要的是如何將所學應用在靈活的題型中。

為了增加學習者的實戰經驗，本書依循 JLPT 所制定之基準及相關概要，以和 JLPT 類似的考試形式，設計文法及單字的模疑試題，希望學習者在練習之中能熟悉 JLPT 的出題傾向及作答方式。

除了模擬試題貼近正式考試形式外，本書也在文法模擬試題的解答中，附上文法復習和說明，希望能讓學習者在每次模擬考試中都能確實有所收穫。

期待本書能幫助您掌握出題方向，累積實力，輕鬆應試。

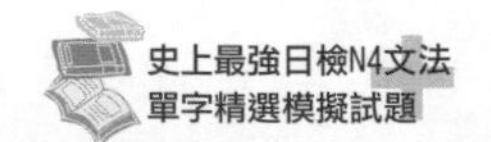

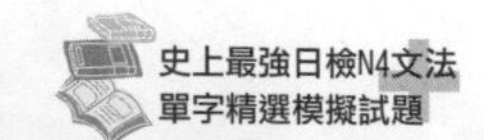

本書使用說明

本書分為文法模擬試題及文字語彙模擬試題兩大部分，分別對應日本語能力試驗 N4 的「言語知識（文法）」及「言語知識（文字・語彙）」。建議先參照「題型分析」之章節後再進行模擬試題作答。

N4 文法模擬試題每回包含 3 個部分。第 1 部分是文法形式判斷；第 2 部分是句子重組；第 3 部分則是閱讀短文後依文脈填空。作答後，每回皆附解答及詳解，學習者在對完答案後，可以透過解答所附的句型重點解說，復習該回模擬試題的文法。

N4 單字模擬試題每回包含 5 個部分。第 1 部分是漢字讀音；第 2 部分是漢字寫法；第 3 部分是文脈語法；第 4 部分是類義語；第 5 部分是語彙的用法。試題中的單字皆參考歷屆考古題及 N4 範圍，以期為學習者掌握單字出題傾向。

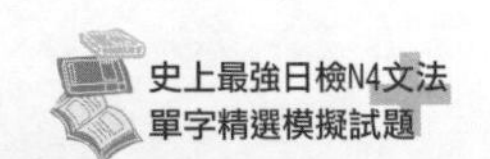

日本語能力試驗N4應試需知

史上最強日檢N4

文法+單字精選模擬試題

N4 日本語能力試驗科目簡介

日本語能力試驗的考試內容主要分為「言語知識」、「読解」、「聴解」3大項目，其中「言語知識」一項包含了「文字」、「語彙」、「文法」。N1、N2的測驗科目是「言語知識（文字、語彙、文法）、讀解」及「聽解」共2科目。N3、N4、N5的測驗科目則是「言語知識（文字、語彙）」、「言語知識（文法）、讀解」、「聽解」合計3科目。

至於測驗成績，則是將原始得分等化後所得的分數。N4的測驗成績分為「言語知識（文字、語彙、文法）、讀解」及「聽解」2個部分，得分範圍分別是「言語知識（文字、語彙、文法）、讀解」0~120分，「聽解」0~60分，合計總分範圍是0~180分。合格基準則是總分及各科目得分皆需達到合格門檻才能合格。

以下為N4的測驗科目和計分方式：

測驗科目：

「言語知識（文字、語彙）」－測驗時間30分鐘

「言語知識（文法）、讀解」－測驗時間60分鐘

「聽解」－測驗時間35分鐘

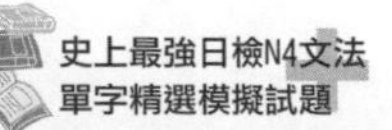

計分科目及得分範圍：

「言語知識（文字、語彙、文法）、讀解」－0～120分

「聽解」－0～60分

總分－0～180分

「言語知識」題型分析

一、文字、語彙

文字、語彙包含5個部分，分別是漢字讀音、漢字寫法、語彙字義、類義語、語彙的用法，題型分析如下：

【題型1　漢字讀音】主旨在測驗漢字語彙的讀音。

1 わたしは　でんしゃで　がっこうに　通って　います。

1. かなって　　2. かばって
3. かよって　　4. かえって

【題型2　漢字寫法】由平假名推知漢字寫法。此題型對於以漢語為母語的學習者來說是較易得分的題型。

9 くるまで　にもつを　おくります。

1. 送ります　　2. 降ります
3. 足ります　　4. 乗ります

【題型3　文脈語法】依題目的文脈選擇適當的語彙。此題型除了測驗對字義的了解外，是否能了解題目的

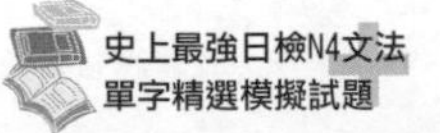

文脈也是測驗重點。

15 かいけいして　（　　）を　もらいました。

1．メニュー　　2．オーダー
3．レシート　　4．セール

【題型4　類義語】根據題目中的語彙或說法，選擇可以替換的類義詞或說法。此類題型是測驗學習者對字彙認識的廣度。

26 じゅうしょを　教えて　ください。

1．じゅうしょを　かくして　ください。
2．じゅうしょを　きいて　ください。
3．じゅうしょを　しらせて　ください。
4．じゅうしょを　みられて　ください。

【題型5　語彙的用法】測驗語彙在句子裡的用法。主旨在測驗學習者是否能將所學的字彙應用於文句之中。

31 じゅうしょ

1．ぎんこうの　となりの　じゅうしょは　しやくしょです。
2．こうぎの　じゅうしょは　3かいです。
3．ここに　じゅうしょと　でんわばんごうを　かいてください。

4. あなたの　Eメールの　<u>じゅうしょ</u>を　おしえてください。

二、文法

文法包含3個部分，分別是文法填空、句子重組及閱讀短文後依文脈填空。題型分析如下：

【題型1　文法填空】依文句內容選出適合的文法形式。

1　わたしの　アパートは　会社（　　）　近いです。

1. より　　2. まえ　　3. うえ　　4. から

【題型2　句子重組】測驗是否能正確重組出文義通順的句子。此類題型需先重組句子再選出對應的答案，通常會提供範例如下：

（問題例）

恭子は＿＿＿　＿＿＿　＿★＿　＿＿＿です。

1. じょうず　　2. ピアノも
3. うたも　　4. ひけるし

（回答のしかた）

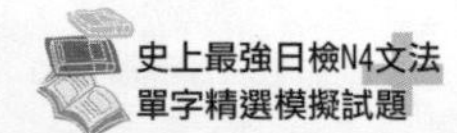

1．正しい文はこうです。

恭子は＿＿＿　＿＿＿　＿★＿　＿＿＿です。
2．ピアノも　4．ひけるし　3．うたも　1．じょうず

2．＿★＿に入る番号を解答用紙にマークします。

（解答用紙）（例）① ② ❸ ④

【題型3　短文填空】閱讀一段短文後，選擇適用的文型。

田中さんは　むすめが　2人　います。1人は　大学生で、21　1人は　高校生です。

21

1．と　2．も　3．もう　4．から

史上最強
日檢N4
文法+單字
精選模擬試題

各文型
接續
N4
及變化
史上最強日檢N4
文法+單字精選模擬試題

動詞變化

[動ー辭書形]：

I 類動詞：書く

II 類動詞：教える

III 類動詞：する、来る

[動ーます形]：

I 類動詞：書き

II 類動詞：教え

III 類動詞：し、来

[動ーない形] ＋ない：

I 類動詞：書かない

II 類動詞：教えない

III 類動詞：しない、来ない

[動ーて形]：

I 類動詞：書いて

II 類動詞：教えて

III 類動詞：して、来て

[動ーた形]：

I 類動詞：書いた

II 類動詞：教えた

III 類動詞：した、来た

[動ー可能形]：

I 類動詞：書ける

II 類動詞：教えられる

III 類動詞：できる、来られる

[動ーば形]：

I 類動詞：書けば

II 類動詞：教えれば

III 類動詞：すれば、来れば

[動ー命令形]：

I 類動詞：書け

II 類動詞：教えろ

III 類動詞：しろ、来い

[動ー意向形]：

I 類動詞：書こう

II 類動詞：教えよう

III 類動詞：しよう、来よう

[動ー受身形]：

I 類動詞：書かれる

II 類動詞：教えられる

III 類動詞：させる、来られる

[動ー使役形]：

I 類動詞：書かせる

II 類動詞：教えさせる

III 類動詞：させる、来させる

[動ー使役受身形]：

I 類動詞：書かされます／書かせられます

II 類動詞：教えさせられます

III 類動詞：させられる、来させられる

い形容詞

[い形ー○]: 楽し

[い形ーく]: 楽しく

[い形ーい]: 楽しい

[い形ーければ]: 楽しければ

な形容詞

[な形ー○]: 静か

[な形ーなら]: 静かなら

[な形ーな]: 静かな

[な形ーである]: 静かである

名詞

[名]: 先生

[名ーなら]: 先生なら

[名ーの]: 先生の

[名ーである]: 先生である

N4 普通形

動詞	書く	書かない
	書いた	書かなかった
い形	楽しい	楽しくない
	楽しかった	楽しくなかった
な形	静かだ	静かではない
	静かだった	静かではなかった
名詞	先生だ	先生ではない
	先生だった	先生ではなかった

N4 名詞修飾形

動詞	書く	書かない
	書いた	書かなかった
い形	楽しい	楽しくない
	楽しかった	楽しくなかった
な形	静かな	静かではない
	静かだった	静かではなかった
名詞	先生の	先生ではない
	先生だった	先生ではなかった

文法
N4
模擬試題
史上最強日檢N4
文法+單字精選模擬試題

N4 第1回

問題1　（　　）に　何を　入れますか。1・2・3・4から　一つ　えらんで　ください。

1　彼女(かのじょ)は　家事(かじ)も　料理(りょうり)（　　）　できます。

1. を　　2. で　　3. も　　4. に

2　これは　とうふ（　　）　作(つく)った　ハンバーグです。

1. に　　2. で　　3. の　　4. や

3　彼(かれ)は　父親(ちちおや)（　　）　似(に)て　いる。

1. へ　　2. を　　3. が　　4. に

4　先生（　　）　誕生日(たんじょうび)プレゼントを　もらいました。

1. から　　2. までに　　3. へ　　4. や

5　A：「部長(ぶちょう)はどこですか。」
B：「部長(ぶちょう)は　会議中(かいぎちゅう)ですが、会議(かいぎ)は　2時半(じはん)（　　）　終(お)わると　思(おも)います。」

1. までも　　2. までは

3．までにも　　4．までには

6 彼は　両親に　連絡するのは　お金が　必要な　とき（　　）だ。

1．しか　　2．だけ　　3．にも　　4．たった

7 お花見って（　　）意味ですか。

1．どのぐらい　　2．どうして
3．どういう　　4．どうやって

8 A：「新商品の　企画書、完成しましたか。」
B：「はい、1か月間　かかりましたが、今朝　（　　）　完成しました。」

1．やっと　　2．もっと
3．きっと　　4．ずっと

9 A：「今夜　飲みに　行きませんか。」
B：「ごめんなさい。行きたい（　　）、今夜は用事が　あるんです。」

1．から　　2．ので　　3．ながら　　4．けれど

10 こども：「プリンを　食べて　いい？」
母親：「ごはんを　（　　）　あとでね。」

1．食べる　　2．食べて

3．食べた　　4．食べよう

11　A：「引っ越しおめでとうございます。これ、プレゼントです。」
B：「ありがとうございます。大事に　（　　）。」

1．います　　　　2．します
3．くれます　　　4．まいります

12　A：「この間　レポートを　（　　）　ありがとうございます。」
B：「いいえ、どういたしまして。」

1．手伝った　　　　　　2．手伝ってから
3．手伝ってやって　　　4．手伝ってくれて

13　この　問題は　（　　）すぎて、わたしには説明できません。

1．難しい　　　2．難しく
3．難し　　　　4．難しかった

14　今日　財布を　家に　忘れてしまったので、同僚に　お金を　貸して（　　）。

1．あげました　　2．もらいました
3．くれました　　4．やりました

15　クロゼットに　（　　）　着ていない　服が　た

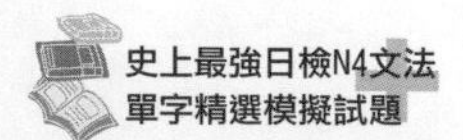

くさん　あります。

1．買ったまま　　2．買っていた
3．買った　　　　4．買うように

問題2　＿★＿に　入る　ものは　どれですか。1・2・3・4から　いちばん　いい　ものを　一つ　えらんで　ください。

16　A：「あ、もう　こんな時間。約束に　間に合わないよ。」
B：「次の　＿＿＿　＿＿＿　＿★＿　＿＿＿　行こう。」

1．間に合うかもしれないから　　2．特急に
3．特急で　　　　　　　　　　　4．乗れば

17　田中：「鈴木さん、今日は　一緒に　お昼でもどうですか。」
鈴木：「すみません。ちょうど　＿＿＿　＿＿＿　＿★＿　＿＿＿です。　」

1．食べた　　2．今
3．なん　　　4．ところ

18　A：「明日　会長が　来ますから、＿＿＿　＿＿＿　＿★＿　＿＿＿　いけませんよ。」

B：「わかりました。明日は　スーツで　来ます。」

1．服　2．は　3．で　4．そんな

19　今日は　風が　__★__ ____ ____ ____ 出かけたくない。

1．降りそう　2．強いし
3．だから　4．雨が

20　両親に　____ ____ ____ __★__ 結婚する。

1．されても　2．あの人　3．反対　4．と

問題3　**21**から**25**に　何を　入れますか。文章の意味を考えて、1・2・3・4から　いちばん　いい　ものを　一つ　えらんで　ください。

下の　文章は　「ペット」に　ついての　作文です。

> 「ココア」
>
> わたしの　家には　「ココア」と　いう　名前の　猫が　います。半年前に　母親が　連れて　きました。ココアは　いつも　ソファーの　上に　寝て　います。甘えん坊で　すごく　かわいいです**21**、食べ物を　すぐ

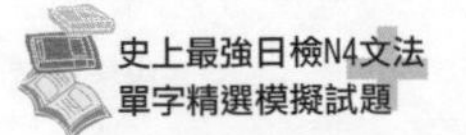

に　取って　いってしまうので、こまって　います。昨日も　わたしたちの　夕食の　魚を　**22**しまって本当に　こまりました。

元々は　特別　猫が　好きと　いう　気持ちは　**23**ですが、いつの間にか　いつも　一緒に　いる　ように　なって　いました。楽しいときも　悲しいときも　ココアは　いつも　そばに　いて　**24**。ココアはもう　**25**じゃなくて、わたしたちの　大切の　家族です。

21

1．も　　2．が　　3．のに　　4．ね

22

1．食べて　　2．食べさせて
3．食べられて　　4．食べ終わって

23

1．なかったの　　2．あったの
3．あってはならない　　4．あるの

24

1．あげます　　2．します
3．しまいます　　4．くれます

25

1. 家族（かぞく）　2. ペット
3. ココア　4. わたし

N4

第2回

問題1　（　　）に　何を　入れますか。1・2・3・4から　一つ　えらんで　ください。

1　仕事が　（　　）、飲みに　いこう。

1．終わったり　　2．終わるまで
3．終わったのに　　4．終わったら

2　もうすぐ　サマーセールが　（　　）。

1．始まります　　2．始まりました
3．始めます　　4．始めました

3　学校は　駅　（　　）　遠いです。

1．で　　2．に　　3．まで　　4．と

4　今も　日本語を　勉強している　人が　多いが、昔ほど　（　　）。

1．のようだった　　2．ではない
3．じゃないか　　4．少ない

5　彼女たちは　数時間前に　出発した。だから　もう　ここに　着いている　（　　）だ。

1．ため　　2．こと

3．はず　　4．ばかり

6　レポートは　金曜日　（　　）　提出して　ください。

1．まで　　　2．までに
3．までも　　4．までで

7　さっきまで　晴れて　いたのに、急に　雨が　（　　）だした。

1．降り　　2．降る　　3．降って　　4．降ろう

8　子供は　勉強できなくて　いい、病気（　　）元気で　いれば　何よりです。

1．して　　　2．しよう
3．するな　　4．せずに

9　ずっと　あなたに　（　　）。

1．会いたがって　　2．会いたかった
3．会うかしら　　　4．会いにくかった

10　いつも　ごちそうに　なって　いるので、今回は　わたしに　（　　）。

1．払われます　　　　2．払わせます
3．払わせてください　4．払いましょう

11 商品(しょうひん)を　発送(はっそう)したら　（　　）。

1. お連絡(れんらく)ください　　2. お連絡(れんらく)します
3. ご連絡(れんらく)もらいます　　4. ご連絡(れんらく)します

12 A：「ここで　たばこを　（　　）。」
B：「すみません。ここは　禁煙(きんえん)なんです。」

1. 吸(す)いたいですか　　2. 吸(す)っても　いいですか
3. ってください　　4. 吸(す)わせて　くれます

13 A：「動物園(どうぶつえん)は　どのへんかな。」
B：「ちょっと　待(ま)って。今　地図(ちず)で（　　）。」

1. 作(つく)って　いるんだ
2. 調(しら)べて　いる　ところだ
3. 調(しら)べて　ばかりなんだ
4. 作(つく)った　ままなんだ

14 A：「あの　映画(えいが)は　（　　）?」
B：「面白(おもしろ)かったよ。」

1. なんだった　　2. だれだった
3. どうだった　　4. どこだった

15 田中(たなか)：「わたしは　豚肉(ぶたにく)は　食べないんです。」
鈴木(すずき)：「そうですか。田中(たなか)さんは　豚肉(ぶたにく)は　（　　）んですか。」

1. いただかない　　2. 召(め)し上(あ)がらない

3．お食べしません　　4．食べおりません

問題2　＿★＿に　入る　ものは　どれですか。1・2・3・4から　いちばん　いい　ものを　一つ　えらんで　ください。

16　A：「田中(たなか)さんに　会(あ)いに　来たのですが。」
B：「残念(ざんねん)ですが、＿＿＿　＿＿＿　＿★＿　＿＿＿です。」

1．外出(がいしゅつ)した　　2．たった今
3．ばかり　　4．課長(かちょう)は

17　昨日(きのう)　花火大会(はなびたいかい)に　行きました。わたしは　＿＿＿　＿＿＿　＿★＿　＿＿＿、妹(いもうと)が　行きたいと　言ったので、行(い)ったんです。

1．行きたく　　2．あまり
3．んですが　　4．なかった

18　この本(ほん)は　難(むずか)しすぎて、＿＿＿　＿★＿　＿＿＿　＿＿＿　眠(ねむ)く　なります。

1．ほど　　2．読(よ)む
3．ば　　4．読(よ)め

19　A：「この　机(つくえ)　＿＿＿　＿＿＿　＿★＿　＿＿＿

＿でしょうか。」

B：「大丈夫です。どうぞ。」

1．も　　2．使って　　3．構わない　　4．を

20 彼と　飲むと、いつも　＿＿＿　＿＿＿　＿＿＿　＿★＿ので、一緒に飲みたくない。

1．に　　2．面倒な　　3．こと　　4．なる

問題3　**21**から**25**に　何を　入れますか。　文章の意味を考えて、1・2・3・4から　いちばん　いい　ものを　一つ　えらんで　ください。

昨日　友だちと　ポップコーンを　**21**に　行きました。友だち　**22**、そのポップコーンは　海外で　とても　有名で、テレビ番組に　**23**　こともある　そうです。　わたしは　おかしが　好きですから、楽しみでした。店に着いたら、前に　お客さんが　たくさん　並んで　いました。　わたしたちも　**24**が、30分　待っても、店の　中に　入れませんでした。　足が　痛くなりましたが、我慢して　待ちました。2時間後、やっと　買えました。

確かに　おいしかったけど、ポップコーンを　買うためには　2時間**25**　並ぶのは　大変だと　思いました。

21

1. 買って　2. 買わず
3. 買おう　4. 買い

22

1. によると　2. にとって
3. について　4. にあたって

23

1. 紹介（しょうかい）して　2. 紹介（しょうかい）しよう
3. 紹介（しょうかい）された　4. 紹介（しょうかい）する

24

1. 並（なら）びませんでした　2. 並（なら）びました
3. 並（なら）んで　4. 並（なら）ばず

25

1. で　2. も　3. に　4. と

第3回

問題1 （　　）に　何を　入れますか。1・2・3・4から　一つ　えらんで　ください。

1 A：「いつ　（　　）　東京（とうきょう）に　いますか。」
B：「来月（らいげつ）の　5日（か）　（　　）です。」

1. へ／へ　　2. まで／まで
3. と／と　　4. か／か

2 納豆（なっとう）は　あまり　（　　）。

1. 食べようです　　2. 食べます
3. 食べません　　4. 食べられます

3 A：「あけまして　おめでとう　ございます。」
B：「今年（ことし）も　（　　）。」

1. どういたしまして
2. 申（もう）し訳（わけ）ございません
3. お世話（せわ）になりました
4. よろしくお願（ねが）いします

4 家（いえ）まで　（　　）ながら　帰（かえ）りましょう。

1. 話（はな）す　　2. 話（はな）そう
3. 話（はな）し　　4. 話（はな）せ

5 たまに　この　部屋(へや)を　（　　）　ことが　あります。

1. 使(つか)った　2. 使(つか)う　3. 使(づか)い　4. 使(つか)って

6 ノック　（　　）から　教室(きょうしつ)に　入(はい)りましょう。

1. して　2. する　3. しよう　4. し

7 マリーから　インドネシアの　おみやげを　（　　）。

1. くれました　2. もらいました
3. あげました　4. やりました

8 今日は　寒(さむ)い（　　）、出(で)かけたくない。

1. だから　2. から　3. のに　4. のを

9 10時(じ)（　　）　渋谷駅(しぶやえき)（　　）　会(あ)いましょう。

1. に／と　2. と／を
3. に／で　4. で／と

10 A：「来年(らいねん)　結婚(けっこん)する　ことに　（　　）。」
B：「おめでとうございます。」

1. なりました　2. なります
3. いきました　4. いきます

11 3年間(ねんかん)　勉強(べんきょう)して　やっと　日本語(にほんご)が　（　　）なりました。

1．話(はな)す　　2．話(はな)せるように
3．話(はな)すことに　　4．話(はな)そうと

12 会社(かいしゃ)から　帰(かえ)る途中(とちゅう)　急(きゅう)に　雨が　（　　）だしました。

1．降り　　2．降る
3．降って　　4．降ろう

13 恭子(きょうこ)が　彼氏(かれし)の　写真(しゃしん)を　見(み)せて　（　　）。

1．くれました　　2．もらいました
3．あげました　　4．やりました

14 A：「今週(こんしゅう)の　仕事(しごと)は　もう　全部(ぜんぶ)　終(お)わりました。」
B：「じゃあ、これも　（　　）　ください。」

1．やる　　2．やり　　3．やれ　　4．やって

15 A：「誕生日(たんじょうび)に　彼氏(かれし)から　なにを　もらったんですか。」
B：「彼氏(かれし)（　　）　バッグを　もらいました。」

1．からに　　2．からは
3．からを　　4．からが

問題2　＿★＿に　入る　ものは　どれですか。1・2・3・4から　いちばん　いい　ものを　一つ　えらんで　ください。

16　わたしたちは　先生に＿＿　＿＿　＿★＿　＿＿。

1. 教えて　　2. を
3. もらいました　　4. ギター

17　A：「温泉に　入った　ことが　ありますか。」
B：「いいえ、一度も＿＿　＿＿　＿★＿　＿＿。」

1. ことが　　2. 入った
3. ありません　　4. 温泉に

18　あなたの＿＿　＿★＿　＿＿　＿＿かかりますか。

1. 会社まで　　2. 時間が
3. どれくらい　　4. 家から

19　この　仕事＿★＿　＿＿　＿＿　＿＿できます。

1. プロ　　2. も
3. は　　4. じゃなくて

20 ひらがなより＿＿＿＿　＿＿＿＿　＿＿＿＿　＿★＿　少し覚えやすいと思います。

1．が　　2．の　　3．カタカナ　　4．ほう

問題3　**21**から**25**に　何を　入れますか。　文章の意味を考えて、1・2・3・4から　いちばん　いい　ものを　一つ　えらんで　ください。

次の　文章は「レンタルビデオ店からの　お知らせ」です。

> 年末年始の営業についてのお知らせ
>
> 今年　のこすところ　あと　わずかと　なりました。当店の　年末年始　休業期間は、2015年12月29日から　2016年1月4日**21**と　なります。年内は、12月28日20時までの　営業と　させていただきます。年始の　営業開始日に　つきましては、2016年1月5日10時**22**　通常営業と　なります。
>
> 年内最終日の　ご利用に　つきましては、次の　**23**に　なります。

・来店受取の場合：１２月２８日１７時まで
・配送受取の場合：１２月２７日１７時までの受付
・年内のご返却：
来店—１２月２８日２０時までに　ご来店ください
配送—１２月２８日「午前中」着にて　お手続きください

なお、年末年始に　多数の　お客様に **２４** いただけるよう、レンタル料金割引　サービスを　今年も　実施いたします。
２０１５年１２月２８日から　２０１６年1月6日までの　期間（１０日間）を２日間のレンタル料金で　ご利用いただけます。

ご不明な点などが **２５**、スタッフまで　お気軽に　お尋ねください。

２１

1. まで　　2. いつ　　3. から　　4. へ

２２

1. まで　　2. まだ　　3. よる　　4. より

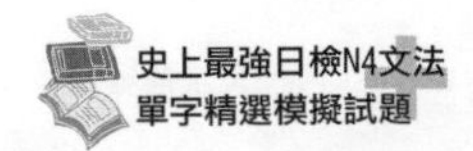

23

1．こと　2．とおり　3．もの　4．とき

24

1．ご案内(あんない)　2．お呼(よ)び
3．ご利用(りよう)　4．ご紹介(しょうかい)

25

1．いらっしゃったら　2．まいりましたら
3．ございましたら　4．いたしましたら

第4回

問題1 （　）に　何を　入れますか。1・2・3・4から　一つ　えらんで　ください。

1 その　かばんは　（　　）　買いましたか。

1. どこも　　2. どこに
3. どこか　　4. どこで

2 さっき　友(とも)だちと　カフェ（　　）　話(はな)しました。

1. で　　2. に　　3. も　　4. を

3 彼(かれ)は　（　　）から　出(で)かけました。

1. 着替(きが)え　　2. 着替(きか)えよう
3. 着替(きか)えて　　4. 着替(きか)える

4 彼(かれ)は　わたしの　両親(りょうしん)に　プレゼントを　（　　）。

1. もらいました　　2. くれました
3. やりました　　4. 返(かえ)しました

5 大学(だいがく)で　ともだちが　（　　）　心配(しんぱい)です。

1. できるようになる　　2. できることになる
3. できるかどうか　　4. できたことになった

6 A：「あ、雨だ。」
B：「天気予報(てんきよほう)の　とおり、（　　）はじめたね。」

1．降る　　2．降り　　3．降って　　4．降って

7 A：「1人で　コンサートに　行きたくないよ。」
B：「じゃあ、一緒(いっしょ)に　行って　（　　）よ。」

1．やる　　2．まいる
3．くれる　　4．あげる

8 昨日(きのう)、テレビを　（　　）まま　寝(ね)て　しまった。

1．つける　　2．つけている
3．つけた　　4．つけて

9 A：「歯(は)が　ひどく　痛(いた)むのです。」
B：「一度(いちど)　歯医者(はいしゃ)に　見て　（　　）　どうですか。」

1．もらった　　2．もらったら
3．もらってた　　4．もらいに

10 週末(しゅうまつ)（　　）　仕事(しごと)に　行(い)きます。

1．ても　　2．でも　　3．けど　　4．けと

11 わたしは　3週間前(しゅうかんまえ)に　ホテルを　予約(よやく)して（

）。

1．おいた　　2．おく　　3．しまう　　4．いい

12　この　ケーキ、全部　（　　）も　いいですか。

1．食べて　　2．食べる
3．食べ　　4．食べた

13　チゲ　という　韓国の　鍋料理を　（　　）ですか。

1．知って　　2．存じ
3．ご存じ　　4．お知り

14　ペットが　死んで、子供は　（　　）つづけています。

1．泣いて　　2．泣く　　3．泣いた　　4．泣き

15　A：「この　ポーチ　かわいいね。」
B：「ありがとう。父に　買って　（　　）の。」

1．くれた　　2．あげた
3．ください　　4．もらった

問題2　＿★＿に　入る　ものは　どれですか。1・2・3・4から　いちばん　いい　ものを　一つ　えらんで　ください。

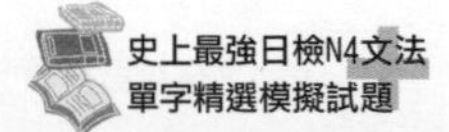

16 隣(となり)のクラスに　友美(ともみ)＿＿＿＿　＿＿＿＿　＿★＿　＿＿＿＿います。

1．女の子(おんなのこ)　　2．という

3．が　　4．かわいい

17 来年(らいねん)、大阪(おおさか)＿＿＿＿　＿＿＿＿　＿★＿　＿＿＿＿なりました。

1．へ　　2．に　　3．引っ越す(ひっこす)　　4．こと

18 A：「来週(らいしゅう)のパーティー、田中(たなか)さん来(く)る？」

B：「わからない、電話(でんわ)で＿＿＿＿　＿★＿　＿＿＿＿　＿＿＿＿みよう。」

1．どう　　2．聞いて(きいて)　　3．か　　4．来るか(くるか)

19 駅(えき)＿★＿　＿＿＿＿　＿＿＿＿　＿＿＿＿合(あ)わないよ。

1．間に(かんに)　　2．も　　3．走って(はしって)　　4．まで

20 雨＿＿＿＿　＿＿＿＿　＿＿＿＿　＿★＿行(おこな)われます。

1．試合(しあい)　　2．明日(あした)の　　3．は　　4．でも

問題3　**21**から**25**に　何を　入れますか。　文章(ぶんしょう)の意味(いみ)を考(かんが)えて、1・2・3・4から　いちばん　いい　ものを　一つ　えらんで　ください。

つぎの　文章は、日本語を　勉強している　学生が書いた　作文です。お題は　「あいさつ」です。

> 毎朝、出勤するとき、いつも　会社の前で　掃除のおばあさんに　会います。**21**　わかりません。おばあさんと　はじめて　**22**とき、何も言いませんでしたが、つぎの　あさ、おばあさんが「おはよう」**23**　言いました。わたしは　びっくりして、あいさつしました。
>
> それから　だんだん　大きい　声で「おはようございます」と**24**。すると、おばあさんも　大きい　声で　あいさつして　くれました。時々　「いい天気ですね」や「寒いね」と　言って　くれます。
>
> わたしは　毎日　おばあさんに　**25**　好きです。そして　元気に　なります。今日も　仕事を　がんばろうと　思います。

21

1. 名前を　年を　　2. 名前も　年も
3. 名前と　年と　　4. 名前に　年に

22

1. 会ったった 2. 会う
3. 会って 4. 会おう

23

1. に 2. で 3. は 4. と

24

1. 言う ように ありました
2. 言う そうに ありました
3. 言う ように なりました
4. 言う そうに なりました

25

1. 会うのが 2. 会うと
3. 会うのを 4. 会うとは

第5回

問題1 （　）に　何を　入れますか。1・2・3・4から　一つ　えらんで　ください。

1 英語で　スピーチを　（　）　ことが　あります。

1. した　2. する　3. して　4. しよう

2 タピオカミルクティー　（　）　台湾の　飲み物を　知って　いますか。

1. とか　2. との　3. とも　4. という

3 A：「会員カードの　（　）方を　教えて　ください。」
B：「簡単だよ。申込書に　名前と　住所を　書いてから　店員に渡す。」

1. 作る　2. 作ろう　3. 作り　4. 作って

4 あのレストランはいつも混んでるから、予約して　（　）　ほうがいいですよ。

1. おいた　2. おく　3. おいて　4. おい

5 さしみを　（　　）　みたけど、あまり　好きじゃなかった。

1．食べる　　2．食べて
3．食べない　　4．食べ

6 会社の　パソコンの　パスワードは　（　　）にくい。

1．覚え　　2．覚える
3．覚えて　　4．覚えた

7 今日、友だちの　家に　（　　）も　いい。

1．泊まて　　2．泊まって
3．泊まりて　　4．泊まる

8 A：「忘れ物は　ない？パスポート　持った？」
B：「うん、もう　かばんに　入れて　（　　）よ。」

1．いる　　2．おく　　3．ある　　4．しまう

9 毎日　１０時間　働いて　いる（　　）、給料が安いです。

1．ので　　2．のが　　3．のも　　4．のに

10 今日　イベントが　あるので、たくさんの　人が（　　）　います。

1．集まって　　2．集めて

3. 集まる　4. 集める

11 銀行の　前に　財布が　（　　）　いました。

1. 落ちる　2. 落ちて
3. 落ち　4. 落ちろう

12 A：「このクッキー、おいしいですね。」
B：「息子の　お友だちが　（　　）んですよ。」

1. いただいた　2. くださった
3. さしあげた　4. いらっしゃった

13 9時に　家を　（　　）　間に　合います。

1. 出れば　2. 出れなら
3. 出るたら　4. 出るば

14 寒いときは、ラーメン（　　）　鍋（　　）、温かいものが　食べたい。

1. なら／なら　2. と／と
3. など／など　4. とか／とか

15 この　仕事は　給料が　（　　）し、仕事の　内容も　簡単です。

1. 高いだ　2. 高い
3. 高く　4. 高っ

問題2 ＿★＿に 入る ものは どれですか。1・2・3・4から いちばん いい ものを 一つ えらんで ください。

16 スーパーでほうれん草(そう)＿＿＿＿ ＿＿＿＿ ＿★＿ ＿＿＿＿、ありませんでした。

1. 探(さが)して　2. が　3. みました　4. を

17 課長(かちょう)は 台湾料理(たいわんりょうり)＿＿＿＿ ＿＿＿＿ ＿★＿ ＿＿＿＿ありますか。

1. こと　2. を　3. が　4. 召(め)し上(あ)がった

18 冷蔵庫(れいぞうこ)を＿＿＿＿ ＿★＿ ＿＿＿＿ ＿＿＿＿あった。

1. ケーキ　2. 開(ひら)ける　3. が　4. と

19 １００万(まん)を＿★＿ ＿＿＿＿ ＿＿＿＿ ＿＿＿＿か。

1. 何(なに)か　2. もらったら
3. です　4. したい

20 病気(びょうき)のときは＿＿＿＿ ＿＿＿＿ ＿＿＿＿ ＿★＿いいでしょう。

1. 休(やす)んだ　2. ほう　3. 学校(がっこう)を　4. が

問題3 **21**から**25**に　何を　入れますか。文章の意味を考えて、1・2・3・4から　いちばん　いい　ものを　一つ　えらんで　ください。

つぎの　文章は、「猫を　探して　ください」という　張り紙です。

> 探して　います！
>
> 名前：ココ
> 種類：アメリカン・ショートヘア
> 年齢：５歳
> 性別：メス
> 特徴：しっぽが　曲がっています。
> 首に　ピンクの　ベルトを　**21**
>
> 8月15日に　**22**に　行って　しまいました。その日は　雨が降って　いて、かみなりの　大きな　音が　して、ココは　**23**。どうしたら　いいか　わからなくて　逃げた**24**と　思います。
> ココは　わたしたちに　とって、大切な　家族です。
> ココを**25**方は、電話を　お願いします。
>
> 連絡先：090－1234－6789（田中）

・アメリカン・ショートヘア：猫の種類

21

1．して　きます　　2．して　います
3．いたします　　4．されて　おります

22

1．どこか　　2．だれか
3．なにか　　4．いつか

23

1．こわかったです　　2．かわがります
3．こわがって　いました　　4．こわいでした

24

1．ので　　2．のに　　3．のを　　4．のだ

25

1．見つけた　　2．見つける
3．見つけて　　4．見つけよう

第6回

問題1　（　　）に　何を　入れますか。1・2・3・4から　一つ　えらんで　ください。

1　A：「バスが　全然　動かないね。」
B：「そうだね。あ、（　　）だした。」

1．動い　　2．動く　　3．動き　　4．動け

2　A：「田中くんは　来る？」
B：「今日は　（　　）　はずだよ。彼は　忙しいから。」

1．来る　　2．来て　　3．来よう　　4．来ない

3　英語が　うまく　話せる（　　）、毎日　勉強しています。

1．そうに　　2．ように
3．からに　　4．までに

4　台風が　来るから、飛行機が　飛ばない　（　　）。

1．かもしれません　　2．もしれません
3．にはいけません　　4．はいけません

5　彼は　昨日　遅くまで　徹夜したから、6時に

（　　）　はずがない。

1．起きろう　　2．起きて
3．起きた　　4．起きる

6　雨が　（　　）だから、傘を　持って　きました。

1．降る　　2．降らない
3．降りそう　　4．降って

7　毎日　仕事　ばかり、（　　）に　旅行に　行きたい。

1．どこか　　2．いつか
3．だれか　　4．なにか

8　また　（　　）　遊びに　来てね。

1．だれでも　　2．いつでも
3．なんでも　　4．それでも

9　彼は　体の　ために、あまり　たばこを　吸わない（　　）　して　います。

1．そうに　　2．ものに
3．ついに　　4．ように

10　A：「デジタルカメラを　探して　いるんですが。」
B：「こちらの　商品は　どうですか。軽くて

（　　）やすいです。」

1．持って　　2．持つ

3．持ち　　4．持たない

11　ここから　スカイツリーを　見る　ことが　（　　）。

1．します　　2．できます

3．しよう　　4．らしい

12　A：「今度の　日曜日に　コンサートに　行きませんか。」

B：「すみません、日曜日は　用事が　（　　）です。」

1．あり　　2．あって

3．あった　　4．あるん

13　用事が　あるから、6時に　家に　（　　）　ならない。

1．帰らない　　2．帰らなければ

3．帰らなくても　　4．帰らなくれば

14　今日は　暖かいから、暖房を　（　　）　いいよ。

1．つけなくても　　2．つけないで

3．つけなければ　　4．つかないと

15 A：「今日は　電車に　乗らない（　　）？」
B：「うん、天気がいいから、自転車で行く。」

1．に　　2．と　　3．の　　4．で

問題2　＿★＿に　入る　ものは　どれですか。1・2・3・4から　いちばん　いい　ものを　一つ　えらんで　ください。

16 足が＿＿＿　＿★＿　＿＿＿　＿＿＿歩きました。

1．1時間　　2．痛い　　3．も　　4．のに

17 このかばん、きれいで＿＿＿　＿＿＿　＿★＿　＿＿＿たいね。

1．軽い　　2．安ければ　　3．買い　　4．から

18 お弁当は　＿＿＿　＿★＿　＿＿＿　＿＿＿　あります。

1．の　　2．テーブル　　3．おいて　　4．上に

19 彼女は　歌が　上手で、＿★＿　＿＿＿　＿＿＿　＿＿＿です。

1．の　　2．歌手　　3．よう　　4．まるで

20 今年の　花火大会は、＿＿＿　＿＿＿　＿＿＿　＿★＿よ。

1．にぎやかだ　　2．だ
3．そう　　　　　4．とても

問題3　**21**から**25**に　何を　入れますか。　文章の　意味を考えて、1・2・3・4から　いちばん　いい　ものを　一つ　えらんで　ください。

つぎの　文章は、日本語を　勉強している　学生が　書いた　作文です。お題は　「地震」です。

1999年9月21日、わたしの　住んでいる　国は　大きい　地震が　起こりました。わたしが　住んでいる　場所は　震源**21**　遠かったので、被害は　ありませんでした。**22**、それ以来、地震が　怖く**23**。つぎに　起こるのは　どこで、そして　それは　いつなんだと　いうことが　知りたくて、ネットで　いっぱい　調べました。 最初は、自分が　住んでいる　ところの　こと**24**　調べて　いませんでした。関係ない　ところで　これから　起こると　されている　地震に　関心を　まったく　持って　いなかったです。そして、わたしは　あるこ

とに　気(き)づきました。それは、大(おお)きな　災害(さいがい)は、どこかで　必(かなら)ず　起こります。わたしが　住(す)んでいる　国(くに)だけではなく、自分(じぶん)とは　関係(かんけい)のない　場所(ばしょ)で　起(お)こっても、災難(さいなん)に　あった　人々(ひとびと)の　ことを　自分(じぶん)の　ことのように **25** なりません。

・震源(しんげん)：地震(じしん)が発生(はっせい)したところ

21

1．から　　2．なか　　3．きょり　　4．くらい

22

1．それで　　2．しかも
3．だから　　4．しかし

23

1．しました　　2．なりました
3．きました　　4．いきました

24

1．だけ　　2．のを　　3．のが　　4．しか

25

1．考(かんが)えなければ　　2．考(かんが)えなくても
3．考(かんが)えても　　4．考(かんが)えないで

第7回

問題1　（　　）に　何を　入れますか。1・2・3・4から　一つ　えらんで　ください。

1　試合の　前に、もう一度　（　　）　おいてね。

1．練習する　　2．練習して
3．練習した　　4．練習で

2　A：「これ、借りても　いい？」
B：「うん、（　　）　自由に　使って　いいよ。」

1．なんでも　　2．なにを
3．なんで　　4．なにか

3　来週、　妹が　日本に　（　　）　行く　予定です。

1．遊び　　2．遊ぶ　　3．遊びに　　4．遊んで

4　A：「ニュースで　聞いたけど、今日は　昨日より暑く　（　　）だよ。」
B：「じゃあ、カフェに行こうよ。涼しいから。」

1．なりよう　　2．なったよう
3．なったそう　　4．なるそう

5 会社(かいしゃ)が　とても　（　　）、風邪(かぜ)を　ひいて　しまった。

1．寒(さむ)い　　2．寒(さむ)くて　　3．寒(さむ)さ　　4．寒(かん)いだ

6 姉(あね)が　買った　ケーキを　全部(ぜんぶ)　（　　）　しまいました。

1．食べる　　2．食べた
3．食べて　　4．食べようと

7 1週間(しゅうかん)も　家族(かぞく)に　連絡(れんらく)も　（　　）ずに、海外(かいがい)にいました。

1．せ　　2．し　　3．さ　　4．す

8 自転車(じてんしゃ)は　左側(ひだりがわ)（　　）　通(とお)って　ください。

1．と　　2．を　　3．は　　4．か

9 はじめまして、田中(たなか)と　（　　）。どうぞ　よろしく　お願(ねが)いします。

1．まいります　　2．もうします
3．いただきます　　4．いらっしゃいます

10 A：「おなか　すいた。」
B：「パンを　買って　（　　）よ。」

1．いる　　2．みる　　3．ある　　4．おる

11 来週(らいしゅう)の　会議(かいぎ)に　（　　）　いいですか。

1．出(で)ないで　　2．出(で)なくても
3．出(で)ない　　4．出(で)なかった

12 A：「昨日(きのう)　田中(たなか)くんが　言っていたけど、この映画(えいが)、（　　）そうだよ。」
B：「そう。見たいね。」

1．おもしろい　　2．おもしろくて
3．おもしろな　　4．おもしろだ

13 貯金(ちょきん)して　5年後(ねんご)に　家(いえ)を　買う　（　　）です。

1．つまり　　2．ための
3．だから　　4．つもり

14 今夜(こんや)　一緒(いっしょ)に　食事(しょくじ)（　　）　どうですか。

1．たら　　2．にも　　3．や　　4．でも

15 A：「今日(きょう)は　家で　インド料理(りょうり)を　作(つく)ることに（　　）から、遊(あそ)びにこない？」
B：「いいね。」

1．した　　2．なる　　3．きた　　4．いる

問題2　＿★＿に　入る　ものは　どれですか。1・2・3・4から　いちばん　いい　ものを　一つ　えらんで　ください。

16　ニュースを＿＿＿　＿★＿　＿＿＿　＿＿＿食べました。

1．朝(あさ)ごはん　　2．見
3．を　　4．ながら

17　会社(かいしゃ)に＿＿＿　＿★＿　＿＿＿　＿＿＿。

1．部長(ぶちょう)に　　2．まえに
3．電話(でんわ)しました　　4．戻(もど)る

18　地震(じしん)が起(お)きたとき、ドアを＿＿＿　＿★＿　＿＿＿　＿＿＿ください。

1．の　　2．忘(わす)れないで　　3．を　　4．開(ひら)ける

19　ジュースとミルクティー＿＿＿　＿＿＿　＿★＿　＿＿＿ですか。

1．好き　　2．どちら　　3．が　　4．と

20　家族(かぞく)の＿＿＿　＿＿＿　＿＿＿　＿★＿働(はたら)いています。

1．朝(あさ)から　　2．晩(ばん)　　3．ために　　4．まで

問題3　**21**から**25**に　何を　入れますか。　文章の意味を考えて、1・2・3・4から　いちばん　いい　ものを　一つ　えらんで　ください。

つぎの　文章は、りょうに　住んで　いる　学生たちへの　お知らせです。

寮の皆さんへ

　最近、ゴミの　すてかたが　とても　悪くなって **21**。たとえば、「分別しないで　すてます」「決められた時間に　出して　いません」「決められた日 **22** に　出して　います」。寮の　近所の　人に　めいわくです。きれいな　寮に　する **23**、つぎの　ことを　守りましょう。

1．ゴミは、決められた　日に　出しましょう。

2．きちんと　分別し、決められた　ごみ収集場へ、当日の　朝8時30分 **24** 出して　ください。

3．燃える、燃えない　ゴミは　決められた　袋に　入れて　出して　ください。

4．ゴミの収集日について

　燃えるゴミ：月・木曜日

　資源ゴミ（紙類）：第1水曜日

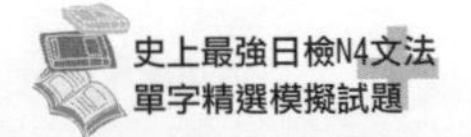

燃えないゴミ・資源ごみ（紙類以外）：火・金曜日

5．缶、びん、プラスチックなどは、洗ってから、袋に入れて　出して　ください。**25**まま　出しては　いけません。

6．粗大ゴミ（電気製品、家具など）は、市役所に連絡してから　出してください。

管理人

21

1．いきました　　2．あります
3．います　　4．きました

22

1．以下　　2．以外　　3．以上　　4．以内

23

1．そうに　　2．なのに
3．ために　　4．のを

24

1．までに　　2．まで
3．までを　　4．までへ

25

1．汚(よご)れる　　2．汚(よご)れて
3．汚(よご)れられて　4．汚(よご)れた

第8回

問題1　（　　）に　何を　入れますか。1・2・3・4から　一つ　えらんで　ください。

1　A：「どこに　行きますか。」

B：「コンビニへ　アイスを　（　　）　行きます。」

1. 買う　　2. 買いに
3. 買いで　　4. 買うで

2　会長の　話を　聞く（　　）、社員が　集まった。

1. ように　　2. までに
3. ついで　　4. ために

3　コンビニ（　　）　スーパーの　ほうが　安いよ。

1. より　　2. と
3. まで　　4. から

4　今日の　仕事は　7時に　終わる（　　）と思います。

1. らしい　　2. おすだ
3. ようだ　　4. だろう

5 急(いそ)いで　いるから、タクシーで　（　　）。

1．行こう　　2．行くよう
3．行きよう　　4．行きろう

6 田中(たなか)くんは、さしみは　あまり　好きではない（　　）　言っていた。

1．に　　2．と　　3．で　　4．は

7 6月(がつ)に　なると、だんだん　暑(あつ)く　（　　）。

1．きます　　2．いきます
3．なります　　4．します

8 朝早(あさはや)く、子供(こども)に　（　　）。

1．起(お)きた　　2．起(お)こした
3．起(お)こされた　　4．起(お)きられた

9 お金(かね)を（　　）としたら、財布(さいふ)がなかった。

1．払(はら)う　　2．払(はら)おう
3．払(ばら)いよう　　4．払(ばら)いろう

10 あまり　友(とも)だちが　いない（　　）、さびしいです。

1．のに　　2．のは　　3．のが　　4．ので

11 ゆっくり　休(やす)んだから、（　　）　なった。

1．元気に　　2．元気で
3．元気な　　4．元気だ

12 よく　聞こえない　ので、声を　（　　）　して
ください。

1．大きい　　2．大きく
3．大きな　　4．大きいだ

13 A：「まだ　商品が　届かないんですが。」
B：「すみません。今、送る　（　　）です。」

1．おもい　　2．時間　　3．どこ　　4．ところ

14 開会式は　10日に　（　　）。

1．行った　　2．行って
3．行われた　　4．行わた

15 試験前　なんだから、早く　（　　）なさい。

1．勉強する　　2．勉強し
3．勉強して　　4．勉強

問題2 ＿★＿に　入る　ものは　どれですか。1・2・3・4から　いちばん　いい　ものを　一つ　えらんで　ください。

16 金曜日＿＿＿　＿★＿　＿＿＿　＿＿＿　＿＿＿

ください。

1．に　2．出(だ)してく　3．まで　4．宿題を

17 隣(となり)の部屋(へや)＿＿＿　＿＿＿　＿★＿　＿＿＿。

1．音楽(おんがく)　2．が　3．から　4．聞(き)こえる

18 退院(たいいん)したばかりだから、無理(むり)＿＿＿　＿＿＿　＿★＿　＿＿＿。

1．ように　2．を
3．言われた　4．しない

19 明日(あした)、用事(ようじ)＿★＿　＿＿＿　＿＿＿　＿＿＿ください。

1．から　2．が
3．休(やす)ませて　4．あります

20 田中(たなか)くんの＿＿＿　＿＿＿　＿＿＿　＿★＿よ、大丈夫(だいじょうぶ)かな。

1．入院(にゅういん)した　2．が
3．らしい　4．お父(とう)さん

問題3 **21**から**25**に　何を　入れますか。　文章(ぶんしょう)の意味(いみ)を考(かんが)えて、1・2・3・4から　いちばん　いい　ものを　一つ　えらんで　ください。

つぎの　文章は　「こどもの日」の　紹介です。

日本では、5月5日は　「こどもの日」です。元々この日は　「端午の節句」　といって、男の子の　健康を　祈る　おまつりの　日でした。今でも　子供が　いる　家では、こいのぼりや　かぶとを　21お祝いします。中国の　古いお話で、流れの　急な　川を　登りきったコイが　竜になった　という　言い伝えが　あります。このことから、こどもが　りっぱ22　成長することを　祈って、こいのぼりを　飾る　ように23んです。そして、武士の　時代には　立派な　武士に　なれる　ように　ということで、よろいか　かぶとを　かざる　ように　なりました。端午の節句の　行事と24、かしわ餅を　食べたり、ショウブの葉を　入れたお風呂に　入ったり25。

・コイ（鯉）：魚の名前。

・竜：中国神話の生物。

・ショウブ：植物の名前。

・よろい、かぶと：体を武器から守る衣類。

21

1. かざって　2. かざろう
3. かざる　4. かざった

22

1. へ　2. に　3. で　4. な

23

1. なる　2. なろう
3. なって　4. なった

24

1. いわば　2. いおう
3. いえば　4. いう

25

1. いきます　2. します
3. あります　4. います

N4

第9回

問題1 （　　）に　何を　入れますか。1・2・3・4から　一つ　えらんで　ください。

1 友だちに　仕事の　手伝いを　（　　）ました。

1．頼む　　2．頼れ
3．頼まれ　　4．頼められ

2 A：「この　きかいは　どこに　運びましょうか。」
B：「そこに　（　　）　おいて　ください。あとで　スタッフが　運びますから。」

1．おき　　2．おいて　　3．おきて　　4．おく

3 お医者さんは、毎日　薬を　（　　）　ように　言いました。

1．飲んでいる　　2．飲んだ
3．飲んで　　4．飲む

4 もう　8時ですよ。早く　（　　）なさい。

1．起き　　2．起きて
3．起きる　　4．起きた

5 この　本は　水曜日　まで（　　）　図書館に　返

して　ください。

1. へ　　2. と　　3. に　　4. を

6 この　ビルは　２０年前に　（　　）ました。

1. 建たられ　　2. 建てされ
3. 建たされ　　4. 建てられ

7 ホテルの　部屋の　窓から　海と　山（　　）　見えて、景色が　きれいです。

1. と　　2. が　　3. に　　4. で

8 A：「一度　富士山に　登りたいな。」
B：「登るのは　（　　）　らしいよ。」

1. 大変　　2. 大変だ
3. 大変な　　4. 大変に

9 A：「誕生日　おめでとう。これ、あなたが　（　　）いた　ゲームだよ。」
B：「ありがとう。このゲーム　前から　ほしかったんだ。」

1. ほしい　　2. ほしくて
3. ほしがって　　4. ほしたく

10 A：「もしもし、田中さん？もう　着きましたか。」

B:「はい、今　空港(くうこう)に　(　　)　ところです。」

1. 着(つ)く　　　　2. 着(つ)いた
3. 着(つ)いている　4. 着(つ)き

11　フランスの　おみやげです。　どうぞ　(　　)　ください。

1. いただいて　　　2. 召(め)し上(あ)がって
3. まいりまして　　4. いらっしゃって

12　A:「(　　)って、どういう　意味(いみ)ですか。」
B:「『さわらないで』　という　意味(いみ)です。」

1. さわる　　2. さわろう
3. さわって　4. さわるな

13　来週(らいしゅう)の　会議(かいぎ)までに、会長(かいちょう)の　予定(よてい)を　聞い(　　)　ください。

1. おいて　　2. いて　　3. れて　　4. といて

14　田中(たなか)くん、(　　)。もうすぐ　ゴールだよ。

1. 頑張(がんば)る　2. 頑張(がんば)れ
3. 頑張(がんばり)て　4. 頑張(がんば)ろ

15　母(はは)は　(　　)すぎて、倒(たお)れました。

1. はたらく　　　2. はたらいて

3．はたらいた　　4．はたらき

問題2　＿★＿に　入る　ものは　どれですか。1・2・3・4から　いちばん　いい　ものを　一つ　えらんで　ください。

16　みんなの＿＿＿　＿＿＿　＿★＿　＿＿＿恥(は)ずかしかった。

1．課長(かちょう)　　2．叱(しか)られて　　3．に　　4．前(まえ)で

17　名古屋(なごや)の　家賃(やちん)＿＿＿　＿＿＿　＿★＿　＿＿＿ないです。

1．東京(とうきょう)　　2．高(たか)く　　3．は　　4．ほど

18　この教室(きょうしつ)の＿＿＿　＿＿＿　＿★＿　＿＿＿ですか。

1．どの　　2．は　　3．くらい　　4．広さ

19　＿★＿　＿＿＿　＿＿＿　＿＿＿、勉強(べんきょう)しなさい。

1．ないで　　2．い　　3．遊(あそ)んで　　4．ばかり

20　来年(らいねん)は　絶対(ぜったい)　日本(にほん)＿＿＿　＿＿＿　＿＿＿　＿★＿います。

1．行こう　　2．思(おも)って　　3．と　　4．に

問題3　[21]から[25]に　何を　入れますか。　文章の意味を考えて、1・2・3・4から　いちばん　いい　ものを　一つ　えらんで　ください。

つぎの　文章は　キャンプ場の　予約案内です。

キャンプ場のご案内

予約サイトからの　予約の　[21]

1．利用したい　日にちを　クリックして　ください。
2．宿泊、日帰り　利用ともに、まずは　バーベキューコーナーを　チェックして　ください。（複数選択可）
3．利用規約を　よく読み、同意　[22]　ください。
4．申込者の　情報を　入力して　ください。
5．人数を　入力して　ください。
6．ご予約内容を　確定する　ボタンを　おして　予約が　確定と　[23]。

予約サイトからの　キャンセル

マイページより　キャンセルが　可能です[24]、複数予約して　いて　その中の　一部を　キャンセルする　ことは　できません。その場合は、全てを　キャンセルした後、予約を　取り直して　ください。

お知らせ

当日、１５時以降からの　宿泊を　希望の　かたは　予約システム上は　満席で　**２５**、ご案内できる　可能性が　ありますので、キャンプ場まで　お電話　ください。

お問い合わせ
みんなの島キャンプ場
電話：１２３４－５６－７８９０

２１

1. やり　　2. やりかた
3. やりもの　　4. やりこと

２２

1. なって　　2. あて　　3. して　　4. いて

２３

1. なります　　2. あります
3. います　　4. いきます

２４

1. のに　　2. の　　3. で　　4. が

25

1. あるのに　　2. あっても
3. あったら　　4. あって

N4 第10回

問題1　（　　）に　何を　入れますか。1・2・3・4から　一つ　えらんで　ください。

1　A：「お飲(の)み物(もの)は　何(なに)に　（　　）か。」
　　B：「アイスコーヒー　ください。」

1. います　　2. します
3. とります　　4. 飲みます

2　これからも　日本語(にほんご)を　勉強し続(つづ)けて　（　　）つもりです。

1. きた　　2. くる　　3. いった　　4. いく

3　田中(たなか)くんが　（　　）帰(かえ)ったか、覚(おぼ)えて　いない。

1. どこ　　2. だれ　　3. いつ　　4. なに

4　この魚(さかな)、変(へん)な　においが　（　　）。

1. する　　2. 嗅(か)ぐ　　3. 聞く　　4. 見る

5　気温(きおん)が　変(が)わりやすいので、風邪(かぜ)を　（　　）ように　注意(ちゅうい)しましょう。

1. ひかないで　　2. ひいて
3. ひく　　4. ひかない

6 田中(たなか)くんは　課長(かちょう)に　「遅刻(ちこく)（　　）」と　おこられました。

1．したら　　2．すれば
3．するな　　4．しろ

7 A：「会場(かいじょう)まで、会社(かいしゃ)から　なんで　行きますか。」
B：「わたしは　タクシー（　　）　します。」

1．で　　2．に　　3．を　　4．が

8 春子(はるこ)　（　　）　シンプルな　デザインの　ワンピースだね。

1．ように　　2．そうな
3．ぽい　　4．らしい

9 A：「東京(とうきょう)の　物価(ぶっか)は　高いね。」
B：「そうだね。シンガポールも　高いけれど、ここ　（　　）　高くないよ。」

1．だら　　2．よう　　3．ほど　　4．そう

10 シャワーの　水(みず)が　（　　）すぎて、頭(あたま)が　いたいです。

1．冷(ひや)た　　2．冷(つめ)たい
3．冷(つめ)たく　　4．冷(ひや)たな

11 疲(つか)れたので、今日(きょう)は　早(はや)く　（　　）と　思(おも)います。

1. 寝(ね)る　　2. 寝(ね)た　　3. 寝(ね)よう　　4. 寝(ね)ろう

12 A：「夏(なつ)の　沖縄(おきなわ)に　行きたいね。」

B：「そうだね。　田中(たなか)さんも　（　　）がっていたよ。一緒(いっしょ)に　どう？」

1. 行きたい　　2. 行きた

3. 行きよう　　4. 行こう

13 財布(さいふ)の　中(なか)に　10円(えん)（　　）　ない。何(なに)も　買えない。

1. だけ　　2. より　　3. しか　　4. ほど

14 田中(たなか)くんは　サッカーが　好きです。（　　）、とても　上手(じょうず)です。

1. そして　　2. なのに

3. けれども　　4. しかし

15 A：「今日(きょう)の　テストは　どう（　　）？」

B：「難(むずか)しかった。」

1. か　　2. も　　3. です　　4. だった

問題2　＿★＿に　入る　ものは　どれですか。1・2・3・4から　いちばん　いい　ものを　一つ　えらんで　ください。

16　この文章は＿＿＿　＿＿＿　＿★＿　＿＿＿読めない。

1．が　　2．多　　3．漢字　　4．すぎて

17　音楽＿＿＿　＿★＿　＿＿＿　＿＿＿しました。

1．仕事　　2．聞き　　3．を　　4．ながら

18　図書館で＿＿＿　＿★＿　＿＿＿　＿＿＿行きます。

1．借りて　　2．から　　3．本を　　4．教室へ

19　海外で＿＿＿　＿★＿　＿＿＿　＿＿＿あります。

1．した　　2．運転　　3．が　　4．こと

20　田中＿★＿　＿＿＿　＿＿＿　＿＿＿いますか。

1．いう　　2．野球選手を

3．知って　　4．って

問題3　**21**から**25**に　何を　入れますか。　文章の意味を考えて、1・2・3・4から　いちばん　いい　ものを　一つ　えらんで　ください。

つぎの　文章は　研究室ご訪問のお願いです。

> 杉村先生
> 突然の　ご連絡で　失礼いたします。
> 永続大学教育学部日本語教育学科　3年生の　鈴木恵美と　**21**。
> 貴研究室の　ホームページを　拝見いたしまして、杉村先生の　研究に**22**を　もち、お話を　うかがいたく、ご連絡　差し上げました。
> 私は　日本語教育の　研究を　したい**23**　考えて、大学院への　進学を　希望して　おります。
> よろしければ、先生の　研究に　つきまして　お話を　うかがいたく、お時間　頂戴する**24**は　可能でしょうか。
>
> お忙しいなか　お手数を　おかけしまして　大変　恐れ入ります**25**　どうぞ　よろしく　お願い　申し上げます。

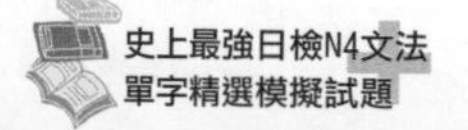

21

1. 伺(うかが)います　2. 参(まい)ります
3. 存(ぞん)じます　4. 申(もう)します

22

1. 趣味(しゅみ)　2. 点数(てんすう)　3. 興味(きょうみ)　4. 意味(いみ)

23

1. と　2. に　3. へ　4. で

24

1. もの　2. とき　3. こと　4. ひと

25

1. が　2. に　3. と　4. は

N4 第11回

問題1　（　　）に　何を　入れますか。1・2・3・4から　一つ　えらんで　ください。

1　A：「先生、明日　研究室に　（　　）　いいですか。」
　　B：「ええ、どうぞ。」

1．うかがっても　　2．いらっしゃって
3．はいけんして　　4．存じで

2　鈴木：「田中くんの　家は　駅から　近い（　　）？」
　　田中：「うん、近いよ。」

1．だ　　2．の　　3．よ　　4．な

3　ここに　駐車（　　）　いけません。

1．して　　2．すれば
3．しといて　　4．しては

4　荷物が　（　　）すぎて　肩が　痛い。

1．重い　　2．重　　3．重く　　4．重かった

5　この　映画は　あの　映画（　　）　面白くない。

1．ほど　　2．とか　　3．から　　4．や

6 ロケットの　（　　）は　どれくらいですか。

1．速(はや)い　　2．速(そく)み　　3．速(はや)さ　　4．速(はや)く

7 あの店(みせ)は　サラダの　種類(しゅるい)が　多くて、どれ（　　）　するか　迷(まよ)う。

1．に　　2．か　　3．は　　4．を

8 （道(みち)を　歩(ある)いて　いて）

A：「財布(さいふ)が　（　　）ましたよ。」

B：「あ、ありがとうございます。」

1．落(お)とし　　2．落(お)ち

3．落(お)とされ　　4．落ちされ

9 きっぷを　買(か)うときは、ボタンを　押(お)して、（　　）、お金を　入(い)れます。

1．それに　　2．そのうえ

3．それから　　4．そのよう

10 A：「このケーキ、おいしいね。」

B：「うん、（　　）　小さくない？」

1．でも　　2．しかも

3．それに　　4．あとは

11 東京に　（　　）まま、帰って　きません。

1．行く　　2．行って　　3．行け　　4．行った

12 字は　下手（　　）、丁寧に　書き　なさい。

1．でも　　2．ても　　3．かも　　4．くても

13 A：「あした、一人で　空港へ　行きますか。」
B：「いいえ、田中さんに　送って　（　　）ます。」

1．くれ　　2．あげ　　3．やり　　4．もらい

14 国に　帰ってからも、彼女と　連絡を　（　　）つづけて　います。

1．とって　　2．とり　　3．とる　　4．とった

15 宿題が　（　　）　遊びに　行ってもいい？

1．終わったら　　2．終わらない
3．終わりに　　4．終わっても

問題2　＿★＿に　入る　ものは　どれですか。1・2・3・4から　いちばん　いい　ものを　一つ　えらんで　ください。

16 会社（かいしゃ）＿＿＿　＿＿＿　＿★＿　＿＿＿２０分（ぷん）も
かかります。

1．車（くるま）　2．だ　3．まで　4．と

17 彼（かれ）は　野球（やきゅう）が＿＿＿　＿＿＿　＿★＿　＿＿＿は
ずがないよ。

1．練習（れんしゅう）　2．に
3．遅（おく）れる　4．大好きだから

18 A：「日本語（にほんご）で＿＿＿　＿★＿　＿＿＿　＿＿＿
ますか。」
B：「わかりました。持（も）って　きます。」

1．書いて　2．来られ
3．持（も）って　4．申込書（もうしこみしょ）を

19 この道（みち）＿＿＿　＿＿＿　＿＿＿　＿★＿ありま
す。

1．行く　2．図書館（としょかん）が　3．と　4．を

20 パスポートは＿＿＿　＿＿＿　＿＿＿　＿★＿。

1．持（も）って　2．いなければ
3．いつも　4．なりません

問題3 **21**から**25**に　何を　入れますか。文章の意味を考えて、1・2・3・4から　いちばん　いい　ものを　一つ　えらんで　ください。

小さな優しさ

これは　去年の　夏の　ことです。その日は　とても　暑くて、早く　家に帰りたいと　思った時でした。駅の　前に、そわそわ　して　いる　人を　見かけました。「**21**　お困りですか」と　わたしが　聞くと、その　人は　「図書館に　行きたいんですが、道に　迷っちゃって…」と　言いました。わたしは　「図書館**22**、ここを　真っすぐ　行って、2番目の　角を　曲がった　ところに　**23**。」と　言うと、その人は　笑顔で　「ありがとう」と　言って、わたしが　指をさした　方向へ　歩いて　**24**。

その時、わたしは　あることに　気づきました。親切な　ことを　すると、相手も　うれしい　気持ちに　なるし、自分　**25**　気持ちいいです。自分に　とって「小さな　優しさ」は、相手の　心に　伝わって、いつか　また　他の人へ　「小さな　優しさ」を　心に　伝えて　いく　じゃないかなと　思います。

21

1. なにか　2. だれか
3. どこか　4. いつか

22

1. とか　2. だけ　3. なら　4. とも

23

1. います　2. します
3. きます　4. あります

24

1. さます　2. いきました
3. います　4. くれます

25

1. は　2. を　3. に　4. も

N4 第12回

問題1　（　　）に　何を　入れますか。1・2・3・4から　一つ　えらんで　ください。

1　わたしは　子供（こども）が　幸（しあわ）せに　（　　）　ほしい。

1. なり　　2. なる　　3. なって　　4. なった

2　転（ころ）んじゃって、友（とも）だちに　（　　）。

1. 笑（わら）った　　2. 笑（わらい）れた
3. 笑（わら）われた　　4. 笑（わらい）わた

3　今日（きょう）は　（　　）つもりだったけど、また　遅（おく）れてしまった。

1. 遅（おく）れない　　2. 遅（ち）らない
3. 遅（おく）れて　　4. 遅（おく）れる

4　あの本（ほん）を　（　　）と　しましたが、読（よ）めませんでした。

1. 読（よ）め　　2. 読（よ）もう　　3. 読（よ）む　　4. 読（よ）んで

5　A：「時間（じかん）がないから早く（　　）。」
B：「わかったよ。なによ　その言い方。」

1. 起きる　　2. 起きろ
3. 起きた　　4. 起きそう

6 彼女(かのじょ)は　同僚(どうりょう)に　結婚(けっこん)していると　（　　）　います。

1. 思(おも)われて　　2. 思(おも)って
3. 思(おも)いで　　4. 思(おも)わないで

7 わたしは　母(はは)に　家事(かじ)を　手伝(てつだ)う　ように　（　　）。

1. 言います　　2. 言ってありました
3. 言えます　　4. 言われました

8 A：「会議(かいぎ)で　配(くば)る　資料(しりょう)は？」
B：「田中(たなか)くんに　（　　）　おきました。」

1. 頼(たの)む　　2. 頼(たの)んで　　3. 頼(たの)み　　4. 頼(たの)め

9 お酒(さけ)が　飲めないのに　無理(むり)に　（　　）　困(こま)ります。

1. 飲まれて　　2. 飲ませて
3. 飲まされて　　4. 飲ませれて

10 A：「連休(れんきゅう)には　息子(むすこ)さんに　会(あ)えますか。」
B：「残念(ざんねん)ながら、仕事(しごと)の　ようで　帰(かえ)って　（　　）　らしいです。」

1．いく　　2．くる　　3．こない　　4．こよう

11 部長は　甘いものが　（　　）　みたいです。

1．嫌いな　　2．嫌い　　3．嫌く　　4．嫌いだ

12 あの人は　山田さんではない（　　）　思います。

1．が　　2．と　　3．を　　4．は

13 沖縄では、今は　もう　（　　）　だろうと　思います。

1．暖かい　　2．暖かく
3．暖かな　　4．暖かいく

14 そっちの　ほうが　（　　）　かもしれません。

1．静かに　　2．静かだ
3．静かな　　4．静か

15 今日は　やっと　彼の　新曲が　（　　）。

1．聴きました　　2．聴きます
3．聴けます　　4．聴こえます

問題2　＿★＿に　入る　ものは　どれですか。1・2・3・4から　いちばん　いい　ものを　一つ　えらんで　ください。

16 椅子（いす）は　まだ＿＿＿＿　＿＿＿＿　＿★＿　＿＿＿＿おいて　ください。

1. から　　2. して
3. 使（つか）います　　4. そのままに

17 彼（かれ）は　わたしの＿＿＿＿　＿＿＿＿　＿★＿　＿＿＿＿。

1. 食べて　　2. しまいました
3. を　　4. ケーキ

18 誰（だれ）も行きたくないので、1人で＿＿＿＿　＿★＿　＿＿＿＿　＿＿＿＿なりました。

1. する　　2. に　　3. こと　　4. 旅行（りょこう）

19 仕事（しごと）の　関係（かんけい）で、毎回（まいかい）　出席（しゅっせき）＿★＿　＿＿＿＿　＿＿＿＿　＿＿＿＿。

1. どうか　　2. か
3. わかりません　　4. できる

20 ここは　昔（むかし）は＿＿＿＿　＿＿＿＿　＿＿＿＿　＿★＿います。

1. と　　2. だった　　3. 聞（き）いて　　4. 公園

問題3　**21**から**25**に　何を　入れますか。　文章の意味を考えて、１・２・３・４から　いちばん　いい　ものを　一つ　えらんで　ください。

つぎの　文章は　「父の日」を　紹介する　文章です。

「父の日」の　由来は　約１００年前の　アメリカに始まります。「母の日」が　アメリカで　制定された１９０８年の　翌年、ワシントン州の　ジョン・ブルース・ドット夫人は、１人で　６人の　子供を　育て　**21**　父に　感謝する**22**、「母の日が　あって　父の日が　**23**のは　おかしい。父の日も　作って　ください。」と　１９０９年6月１９日（第３日曜日）に「父の日」の制定を　提唱しました。
その後、「父の日」の　行事は　各地へ　広まり、１９１６年には　アメリカ全国で　行われるように　**24**。健在な　父には　赤いバラ、亡くなった父には　白いバラを　贈るように　なりました
　日本の　「父の日」は、１９５０年頃から　広まり始め、一般的な行事**25**　なったのは　１９８０年代です。

21

1. あげた　　2. もらった
3. いただいた　　4. もった

22

1. ので　　2. では　　3. ため　　4. にも

23

1. ある　　2. ない　　3. なる　　4. くる

24

1. ありました　　2. いきました
3. つくりました　　4. なりました

25

1. と　　2. を　　3. は　　4. へ

N4

第13回

問題1 （　）に 何を 入れますか。1・2・3・4から 一つ えらんで ください。

1 甘（あま）いものを（　）ように しました。

1. 食べないで　2. 食べて
3. 食べそう　4. 食べない

2 田中（たなか）くんは 恭子（きょうこ）が （　）らしい。

1. 好き　2. 好きな
3. 好きだ　4. 好きの

3 A：「企画書（きかくしょ）は いつ（　） 出（だ）さなければ なりませんか。」
B：「金曜日（きんようび）です。」

1. まで　2. までに
3. までか　4. までも

4 心配（しんぱい）だから、アメリカに 着（つ）いたら すぐ 連絡（れんらく）（　）なさい。

1. する　2. して　3. し　4. せず

5 彼女(かのじょ)は　先生(せんせい)に　早(はや)く　宿題(しゅくだい)を　出(だ)す（　　）　言われました。

1．そうに　　2．そうな
3．ように　　4．ような

6 隣(となり)に　高(たか)いビルを（　　）、部屋(へや)が　暗(くら)く　なりました。

1．建てられて　　2．建て
3．建てさせて　　4．建てて

7 元気(げんき)（　　）　なったので、今日(きょう)から　学校(がっこう)に　行きます。

1．と　　2．に　　3．を　　4．が

8 あの　アパートは　駅(えき)から　近(ちか)いから、家賃(やちん)が（　　）だろう。

1．安(やす)い　　2．安(やす)くて　　3．高(たか)くて　　4．高(たか)い

9 ジョギング（　　）あと、いつも　チョコレートを食べます。

1．して　　2．した　　3．しないで　　4．する

10 A：「旅行(りょこう)はどうだった？」
B：「景色(けしき)（　　）よくて、食(た)べ物(もの)（　　）おい

しくて、楽しかった。」

1. と／と　2. を／を
3. か／か　4. も／も

11 今日は　昨日（　　）　ずっと　暖かいです。

1. ほど　2. より　3. まで　4. くらべ

12 今年の　冬休みは　オーストラリアへ　（　　）　つもりです。

1. 行って　2. 行け　3. 行こう　4. 行く

13 （　　）前に　ニュースを　見ました。

1. 寝た　2. 寝る　3. 寝て　4. 寝よう

14 先生は　いつも明るいので、学生たちを　元気に　（　　）くれます。

1. なった　2. した　3. なって　4. して

15 A：「ねえ、５００円貸して。」
B：「ごめん、１０００円（　　）持って　ない　から、ちょっと　無理。」

1. ので　2. だけ　3. しか　4. のに

問題2　＿★＿に　入る　ものは　どれですか。1・2

・3・4から　いちばん　いい　ものを　一つ
えらんで　ください。

16 ケーキを＿＿＿＿　＿＿＿＿　＿★＿　＿＿＿＿、お店は　休みだった。

1．と　　2．のに　　3．買おう　　4．思った

17 今日は＿＿＿＿　＿＿＿＿　＿★＿　＿＿＿＿思います。

1．までには　　2．帰ろう　　3．9時　　4．と

18 暑いので、髪の毛＿＿＿＿　＿＿＿＿　＿★＿　＿＿＿＿つもりです。

1．少し　　2．する　　3．を　　4．短く

19 雨が降った＿★＿　＿＿＿＿　＿＿＿＿　＿＿＿＿なって　いますから、注意して　ください。

1．階段が　　2．滑り
3．ために　　4．やすく

20 母は　どんな　料理でも　できる。＿＿＿＿　＿＿＿＿　＿＿＿＿　＿★＿得意だ。

1．中華料理など　　2．例えば
3．が　　4．イタリア料理や

問題3　**21**から**25**に　何を　入れますか。　文章の意味を考えて、1・2・3・4から　いちばん　いい　ものを　一つ　えらんで　ください。

つぎは　「海の日」について　書いた　文章です。

日本では、7月の　第3月曜日は　祝日、「海の日」と　なって　います。世界の　国々の　中で　「海の日」を　国民の　祝日　として　いる　国は　日本**21**です。日本は、海に　**22**　海洋国で、昔から　外国との　文化交流、人の　往来や　物の　輸送など、海に深く　かかわって　**23**。この日は、海洋国家　として　日本国民に　海への　理解と　関心を　求めることを目的　として　制定されています。

もともとは　1876年7月20日に　明治天皇が横浜港に　入港されたことで、1941年に　この日を「海の記念日」と　定められたのが　始まりです。その後、海の　仕事を　している　関係者の　あいだで海の記念日を　祝日に　したいという　運動が　続けられ、1996年に　7月20日が　海の日に　制定され、2003年からは　第3月曜日という　ことに　なり、今日に　至って　います。

7月の　第3日曜日には　人々の　からだと　心を癒して **24**、たくさんの　資源(魚、貝など)を提供して　くれる　海**25**　感謝して　みる　のもいいかもしれません。

21

1．しか　　2．のに　　3．とも　　4．だけ

22

1．かこった　　2．かこまれた
3．かこって　　4．かこむ

23

1．きます　　2．いきます
3．きました　　4．いきました

24

1．もらって　　2．あって
3．くれて　　4．おいて

25

1．に　　2．を　　3．で　　4．で

第14回

問題1　（　）に　何を　入れますか。1・2・3・4から　一つ　えらんで　ください。

1　2時に　授業が　あるから、これから（　　）ところです。

1. 出かけた　　2. 出かける
3. 出かけている　　4. 出かけて

2　甘いものは、もう　（　　）　つもりです。

1. 食べる　　2. 食べたい
3. 食べて　　4. 食べない

3　体調が　悪くて、すぐ　課長に　家に（　　）ました。

1. 帰りされ　　2. 帰らせられ
3. 帰させられ　　4. 帰らせされ

4　A：「花蓮は　どんな　ところですか。」
B：「遠くに　山が　（　　）たり、鳥の声が（　　）たりして、すてきなところです。」

1. 見／聞き　　2. 見られ／聞け
3. 見え／聞こえ　　4. 見え／聞き

5 小(ちい)さい頃(ころ)は　プロ野球選手(やきゅうせんしゅ)（　　）　なりたいと思(おも)って　いました。

1. に　　2. と　　3. を　　4. で

6 名古屋(なごや)から　福岡(ふくおか)へは　新幹線(しんかんせん)より　飛行機(ひこうき)のほう（　　）　安(やす)いです。

1. ほど　　2. で　　3. を　　4. が

7 台風(たいふう)の（　　）、たくさんの木(き)が倒(たお)れました。

1. ところ　　2. ために　　3. 原因(げんいん)　　4. こと

8 A：「もう　遅(おそ)いから、仕事(しごと)を　（　　）に　しない？」

B：「うん、（　　）に　しよう。」

1. 終(お)われ／終(お)わらせ　　2. 終(お)わり／終(お)わる
3. 終(お)わる／終(お)わる　　4. 終(お)わり／終(お)わり

9 デパートで　買(か)い物(もの)（　　）と　思(おも)ったけど、今日(きょう)は　定休日(ていきゅうび)だった。

1. しよう　　2. する
3. して　　4. しないで

10 写真(しゃしん)の　うらに　名前(なまえ)を　（　　）ほうが　いい

です。

1. 書いて　2. 書いた　3. 書く　4. 書き

11 A:「ちょっと　手伝って　いただけませんか。」
B:「ええ、30分で　（　　）　なら　手伝います。」

1. 終わって　2. 終わり
3. 終わる　4. 終わろう

12 課長（　　）　ために　送別会が　開かれた。

1. と　2. で　3. を　4. の

13 道路を　（　　）前には　一度止まりましょう。

1. わたって　2. わたった
3. わたる　4. わたり

14 朝食を　食べない（　　）は　体に　よくないです。

1. に　2. で　3. の　4. と

15 今朝雨に（　　）、傘もなくて困りましたよ。

1. 降られて　2. 降らせて
3. 降って　4. 降せられて

問題2 ＿★＿に　入る　ものは　どれですか。1・2

・3・4から　いちばん　いい　ものを　一つ
えらんで　ください。

16　A：「なんか　いいにおいが　する。」
B：「あ、ちょうど　今、ご飯＿＿＿　＿＿＿
＿★＿　＿＿＿ですよ。」

1．できた　　2．なん　　3．ところ　　4．が

17　今日は　本を＿＿＿　＿＿＿　＿＿＿　＿★＿ま
した。

1．描いたり　　2．読んだり
3．し　　4．絵を

18　今から　病院に　行こうと　思います。今日の
授業＿＿＿　＿★＿　＿＿＿　＿＿＿。

1．休ませて　　2．か
3．いただけます　　4．を

19　A：「昨日、どうして　来なかったんですか。」
B：「ごめんなさい、昨日　連絡する＿★＿　＿＿＿
＿＿＿　＿＿＿。風邪を　引いたんで
す。」

1．を　　2．しまいました
3．忘れて　　4．の

20 帰ろう＿＿＿ ＿＿＿ ＿＿＿ ＿★＿電話が来た。

1. 思ったら　　2. から
3. と　　　　　4. お客様

問題3 **21**から**25**に　何を　入れますか。　文章の意味を考えて、1・2・3・4から　いちばん　いい　ものを　一つ　えらんで　ください。

つぎは　料理教室での　会話です。

先生：今日は、「カツ丼」を　作って　**21**。
生徒：はい、よろしく　おねがいします。
先生：まずは、豚肉に　塩、こしょうを　ふります。つぎに、卵を　はしで　切るように　溶きます。パン粉と小麦粉も　準備して　**22**。豚肉に　小麦粉、卵、パン粉を　順に　つけて、油で　揚げます。そして、玉ねぎを　切って、電子レンジ**23**　加熱します。
生徒：どれくらい　加熱**24**　いいですか。
先生：柔らかく　なるまで　1分間　くらいです。そして、フライパンに　水、しょうゆ、みりん、砂糖を　入れて　火に　かけます。沸いて　きたら　加熱した　玉ねぎと　揚げた　豚カツを　入れて、1～2分　煮ます。

生徒：卵も　一緒に　入れても　いいですか。
先生：いいえ、最後に　溶き卵を　かけて、卵が　半熟に　なるまで　煮てから、火を　止めます。鍋を　引く　ように　して　どんぶりに　盛りつけたら　完成です。
生徒：**25**そうですね。

21

1. みましょう　　2. きましょう
3. もらいましょう　　4. あげましょう

22

1. まいりましょう　　2. いきましょう
3. おきましょう　　4. あえましょう

23

1. に　　2. を　　3. が　　4. で

24

1. すると　　2. すれば
3. しても　　4. しようか

25

1. おいし　　2. おいしい
3. おい　　4. おいしかった

第15回

問題1 （　）に　何を　入れますか。1・2・3・4から　一つ　えらんで　ください。

1 田中選手は　皆に　（　）　いる　ようです。

1. 愛して　　2. 愛し
3. 愛されて　　4. 愛する

2 A：「その　DVD、貸して　くれない？」
B：「今（　）ところだから、終わったらね。」

1. 見ている　　2. 見た
3. 見る　　4. 見よう

3 家を　出た（　）で、忘れ物に気が付きました。

1. まえ　2. あと　3. なか　4. そと

4 言い訳する（　）を　やめましょう。

1. の　2. に　3. は　4. とき

5 彼は　あいさつも（　）に　帰って　しまった。

1. する　2. しないで　3. せず　4. しず

6 中学生に　なるまで、書道教室に（　）もらいました。両親(りょうしん)に　感謝(かんしゃ)しています。

1．通(とお)らせて　　2．通(かよ)われて

3．通(つう)えれて　　4．通(かよ)わせて

7 休日(きゅうじつ)は　友(とも)だちに　会(あ)ったり　音楽(おんがく)を聴(き)いたり

（　　）ます。

1．いき　　2．き　　3．い　　4．し

8 先週(せんしゅう)　自分(じぶん)で　服(ふく)を　（　　）みました。

1．作り　　2．作って　　3．作ろう　　4．作る

9 社長(しゃちょう)に　お土産(みやげ)を　（　　）ました。

1．さしあげ　　2．くれ　　3．やり　　4．あげ

10 今度(こんど)　東京(とうきょう)へ　転勤(てんきん)すること（　　）　なりました。

1．を　　2．に　　3．が　　4．は

11 ニュースに　よると、東京(とうきょう)に　地震(じしん)が（　　）そうです。

1．ある　　2．あり　　3．あった　　4．あって

12 わたしは　父(ちち)に　アメリカに　留学(りゅうがく)に　（　　）ました。

1．行かされ　　2．行かせ
3．行かれ　　4．行かれさせ

13　A：「会議が　1時から　（　　）んだけど。」
B：「じゃあ、急がないと。」

1．始まる　　2．始める
3．始めて　　4．始まって

14　父は　弟に　野菜を　（　　）ました。

1．食べられ　　2．食べ
3．食べさせ　　4．食べれ

15　今年は　絶対　資格試験を　（　　）と　思います。

1．受ける　　2．受け
3．受けて　　4．受けよう

問題2　＿★＿に　入る　ものは　どれですか。1・2・3・4から　いちばん　いい　ものを　一つ　えらんで　ください。

16　昨日　友だち＿＿＿　＿★＿　＿＿＿　＿＿＿なかった。困ったな。

1．仕事　　2．来られて　　3．でき　　4．に

17 出かけ＿＿＿ ＿＿＿ ＿★＿ ＿＿＿降ってきた。

1．したら　2．と　3．よう　4．雨が

18 彼は、アメリカで＿＿＿ ＿★＿ ＿＿＿ ＿＿＿勉強しています。

1．を　2．英語　3．ために　4．働く

19 資料を 机の＿＿＿ ＿＿＿ ＿★＿ ＿＿＿ください。

1．に　2．おいて　3．上　4．置いて

20 この ノートには＿＿＿ ＿＿＿ ＿＿＿ ＿★＿。

1．が　2．あります　3．名前　4．書いて

問題3 21から25に 何を 入れますか。 文章の意味を考えて、1・2・3・4から いちばん いい ものを 一つ えらんで ください。

つぎの 文章は 日本語を勉強している学生が書いたものです。

わたしは、一度　隅田川花火大会に　行って[21]と　思って　います。日本の　夏の　イベントといえば　花火大会です。「隅田川花火大会」は、東京三大花火大会の　ひとつに　数えられて　います。はじめて　隅田川で　花火を　打ち上げたのは　１７３３年だったです。その後　何度も　中断されましたが、１９７８年からは　毎年[22]ます。
会場は　隅田川周辺で、大きく　2つに　分けられています。第1会場では　花火コンクールが　行われています。第2会場は　創作花火などが　見どころ。また、第1会場と　第2会場で　打ち上げ時間も　違います。隅田川花火大会は、毎年、９０万人以上が　来場し大混雑と　なる[23]でも　有名です。
気に　なる　観覧スポットですが、第1、第2会場では　早い人は　前日[24]　場所を　とるそうです。始発で　行けば、席を　確保する　ことは　できますが、いい　場所は　取られて　いることが　多い。午前中には、空いてる　場所を　見つけるのは　難しいでしょう。お金は　かかって　しまうが有料の協賛席と　や屋形船などの　選択肢も　あります。協賛席は　抽選と　なって　おり、5月末で　申し込みが　締め切られて　います。屋形船は、業者さんに　よりますが、1万円～3万円が　かかり、7月だと 25 予約で　いっぱいの　ことが　多いです。
　わたしは　いままで　テレビで　しか　見たことがないので、隅田川の花火を　実際に　見て　みたいです。

・屋形船：屋根と座敷のある船。船の上で宴会や食事をしながら、景色を楽しめる。

21

1．いく　　2．みたい　　3．くる　　4．いこう

22

1．行い　　2．行え　　3．行われ　　4．行って

23

1．こと　　2．とき　　3．ひと　　4．じかん

24

1．しか　　2．よって　　3．ので　　4．から

25

1．すでに　　2．ついに
3．らくに　　4．だけに

第16回

問題1　（　　）に　何を　入れますか。1・2・3・4から　一つ　えらんで　ください。

1 出勤（　　）まえに、ゴミを　出します。

1．する　　2．して　　3．した　　4．しろ

2 友だちと　公園へ　遊びに　（　　）　つもりです。

1．行き　　2．行こう　　3．行け　　4．行く

3 今、会社には、わたし　しか　（　　）。

1．いない　　2．いる　　3．いて　　4．いよう

4 電気を（　　）まま　出かけて　しまった。

1．つける　　2．つけた
3．つけて　　4．つけ

5 A：「先生は？」
B：「もう　（　　）らしいよ。」

1．帰って　　2．帰った　　3．帰る　　4．帰り

6 お疲れでしょう、どうぞ　こちらに　おかけに

（　　）ください。

1．なって　　2．して　　3．よって　　4．しに

7 毎朝(まいあさ)　犬(いぬ)を　連(つ)れて　公園(こうえん)（　　）　散歩(さんぽ)して　います。

1．の　　2．を　　3．が　　4．と

8 冬休(ふゆやす)みは、どこへも（　　）に　家で　勉強(べんきょう)するつもりです。

1．行かない　　2．行けない
3．行き　　4．行かず

9 A：「これ、おいしそう。」
B：「先輩(せんぱい)の話(はなし)では、ここの　ステーキは　高いけど、おいしくて　とても（　　）そうですよ。」

1．人気(にんき)だ　　2．人気(にんき)な
3．人気(にんき)の　　4．人気(にんき)に

10 この　単語(たんご)の　読(よ)み方(かた)を　（　　）ですか。

1．知(し)っている　　2．お知(し)り
3．ご存(ぞん)じ　　4．存(ぞん)じ

11 A：「もうすぐ　夏休(なつやす)みですね。楽(たの)しみですね。」
B：「そうですね。（　　）、明日(あした)の　約束(やくそく)は、

何時に　しますか。」

1. じゃあ　　2. ところで
3. たとえば　　4. けれども

12 世界に　字の　読めない人が　たくさん　いる（　　）を　知って　びっくりした。

1. の　　2. と　　3. に　　4. ん

13 A：「昨日、先生に　（　　）。」
B：「本当？よかったね。」。

1. 褒めた　　2. 褒めさせた
3. 褒められた　　4. 褒めさせられた

14 マリーは　マーク　（　　）　日本語が　話せない。

1. ほど　　2. など　　3. に　　4. くらい

15 昨日は　和食だったから、今日は　パスタ（　　）　しよう。

1. を　　2. に　　3. で　　4. も

問題2　＿★＿に　入る　ものは　どれですか。1・2・3・4から　いちばん　いい　ものを　一つ　えらんで　ください。

16 お土産を買って＿＿＿ ＿＿＿ ＿★＿ ＿＿＿ものって何？

1．だけど　2．らしい
3．台湾　4．帰りたいん

17 最近、涼しいですね。秋＿＿＿ ＿＿＿ ＿★＿ ＿＿＿。

1．き　2．なって　3．らしく　4．ました

18 毎月、1000円＿＿＿ ＿★＿ ＿＿＿ ＿＿＿思います。

1．貯金　2．と　3．ずつ　4．しよう

19 天気予報で「大体晴れるでしょう」＿★＿ ＿＿＿ ＿＿＿ ＿＿＿、歩いでいきます。

1．ました　2．と　3．から　4．言って

20 お客さんは　3時＿＿＿ ＿＿＿ ＿＿＿ ＿★＿待っても、まだ 来ない。

1．5時まで　2．来るはず
3．なのに　4．までに

問題3　**21**から**25**に　何を　入れますか。　文章の意味を考えて、1・2・3・4から　いちばん　いい　ものを　一つ　えらんで　ください。

> みどり：どうしたの？顔色が　悪いよ。
> さとし：頭が　いたいんだ。
> めぐみ：大丈夫？今、インフルエンザが　はやって　いるから、気を　**21**と　いかないよ。
> さとし：クラスの　人が　３人**22**　インフルエンザで　休んでいる。
> みどり：じゃあ、どうして　体調が　悪い　**23**、サークルに　来たの？
> さとし：めぐみに　借りた　雑誌を　**24**と　思ったんだ。返すよ。ありがとう。
> みどり：もう家に　帰ったら　どう？家に　ついたら、すぐに　うがいをして、手を　**25**ほうが　いいよ。
> さとし：わかった。ありがとう。明日は　病院に　行こうと思う。

21

1．つける　　2．つけた
3．つけない　　4．つけそう

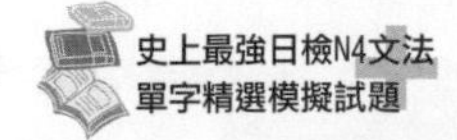

22

1. に　　2. を　　3. と　　4. も

23

1. のに　　2. ので　　3. のを　　4. のが

24

1. 返(かえ)ろう　　2. 返(かえ)そう
3. 返(かえ)し　　4. 返(かえ)した

25

1. 洗(あら)って　　2. 洗(あら)う
3. 洗(あら)った　　4 洗(あら)おう

第17回

問題1　（　　）に　何を　入れますか。1・2・3・4から　一つ　えらんで　ください。

1　A：「田中さんから　電話ですよ。」
B：「今、お風呂に　入って　いる（　　）だから、後で　連絡すると　言って。」

1. とき　　2. ところ
3. ばしょ　4. おもい

2　メールを　送信（　　）あとで、間違いに　気付いた。

1. する　2. して　3. しよう　4. した

3　A：「田中さんも　帰るのかな。」
B：「もう少し　会社に　いる（　　）だよ。」

1. たい　2. そう　3. ほしい　4. しか

4　A：「今日、会社は　休み？」
B：「うん、今日は　ひま（　　）。」

1. なの　2. だの　3. の　4. との

5 ちょっと（　　）ますが、浅草(あさくさ)へは　どう　行ったら　いいでしょうか。

1．まいり　　2．はいけん
3．存(ぞん)じ　　4．うかがい

6 A：「電車(でんしゃ)で　行きますか。」
B：「タクシー（　　）しましょう。」

1．と　　2．に　　3．を　　4．で

7 好きな　アイドルが　結婚(けっこん)して　しまって、わたしは　まるで　（　　）ようだ。

1．失恋(しつれん)　　2．失恋(しつれん)だ
3．失恋(しつれん)した　　4．失恋(しつれん)して

8 A：「あの人は　だれ？。」
B：「（　　）　らしいよ。」

1．会長(かいちょう)に　　2．会長(かいちょう)の
3．会長(かいちょう)な　　4．会長(かいちょう)

9 だれ（　　）　この　財布(さいふ)を　落(お)としませんでしたか。

1．を　　2．に　　3．か　　4．は

10 朝(あさ)は　洗濯(せんたく)したり　散歩(さんぽ)したり　（　　）。

1. ます　　2. きます
3. います　　4. します

11 告知が　来週（　　）、飛行機の　予約を　します。

1. 出て　　2. 出たら　　3. 出る　　4. 出よう

12 ケイタイの　（　　）は、いつでも　どこでも　連絡できる　ことだ。

1. よいな　　2. よい　　3. いいさ　　4. よさ

13 A：「バスが　なかなか　来ないね。」
B：「歩いた　ほうが　（　　）ね。」

1. 早く　しかない
2. 早くに　する
3. 早い　かもしれない
4. 早く　はずが　ない

14 A：「昨日の　パーティー　どうでしたか。」
B：「楽しかったです。（　　）、ちょっと　疲れました。」

1. それに　　2. じゃあ
3. でも　　4. それから

15 この　問題を　2分（　　）　やって　くださ

い。

1．に　　2．で　　3．を　　4．が

問題2　＿★＿に　入る　ものは　どれですか。1・2・3・4から　いちばん　いい　ものを　一つ　えらんで　ください。

16　A：「すみません。ここから　郵便局（ゆうびんきょく）は　どう行きますか。」

B：「この道（みち）を　真（ま）っすぐ　行って、3番目（ばんめ）の角（かど）＿＿＿　＿＿＿　＿★＿　＿＿＿あります。」

1．曲（ま）がる　　2．右（みぎ）に　　3．と　　4．を

17　仕事（しごと）＿＿＿　＿＿＿　＿★＿　＿＿＿ません。

1．しては　　2．に　　3．遅刻（ちこく）　　4．いけ

18　また　お酒（さけ）？飲み＿＿＿　＿★＿　＿＿＿　＿＿＿よくないよ。

1．に　　2．と　　3．すぎる　　4．体（からだ）

19　食堂（しょくどう）＿★＿　＿＿＿　＿＿＿　＿＿＿いなかった。

1．入ると　　2．も　　3．だれ　　4．に

20 今日は　電車で　足を　踏まれた＿＿＿＿　＿＿＿＿

＿＿＿＿　＿★＿し、ついていなかったな。

1．学校で　　2．怒られた

3．先生に　　4．し

問題3　**21**から**25**に　何を　入れますか。　文章の意味を考えて、1・2・3・4から　いちばん　いい　ものを　一つ　えらんで　ください。

つぎの　文章は　駐車場有料化のお知らせです。

駐車場有料化についてのお知らせ

市立病院では、平成22年10月1日より、駐車場を下記**21**とおり　有料と**22**いただきます。

受診の　ために　来院された　方は　無料ですが、駐車券を　無料に　**23**手続きが　必要です。ご利用の　皆さまには　大変ご迷惑を　おかけいたしますが、ご理解　いただきますよう　お願いします。

有料化開始日：平成22年10月1日より

駐車場使用料金

1時間につき100円（30分以内は無料）

使用料金が　無料になる方、必ず　駐車券を　持ち、オ

フィス　または　総合受付で　指定の　書類等を　提示して　駐車券を　無料化して　ください。

駐車場無料の　対象と　なる方：
診療 24 受けるために　来院される方
ご提示いただくもの：
駐車券と 25 に、領収書を　ご提示ください。

21

1. の　2. を　3. に　4. と

22

1. して　2. されて
3. させて　4. させられて

23

1. なる　2. する　3. くる　4. もつ

24

1. を　2. が　3. も　4. へ

25

1. ため　2. する　3. なる　4. とも

第18回

問題1　（　）に　何を　入れますか。1・2・3・4から　一つ　えらんで　ください。

1　日本料理が　大好き。（　　）　刺し身　だけは　食べられない。

1．のに　　2．でも　　3．それで　　4．しかも

2　この本、まだ　半分（　　）しか　読んで　いない。

1．までに　　2．より　　3．から　　4．まで

3　昨日から　（　　）　ようです。胃が　痛くて、吐いて　しまいました。

1．風邪　　2．風邪の
3．風邪に　　4．風邪だ

4　倒れた　おじいさんは、警察に　（　　）ました。

1．助け　　2．助けて
3．助けられ　　4．助けさせ

5　まだ　商品の　（　　）を　量って　いないので、いくらか　わかりません。

1．重み　　2．重さ　　3．重い　　4．重な

6 子供(こども)が　（　　）から、電気(でんき)を　つけて　ください。

1．こわい　　2．こわがる
3．こわくて　　4．こわらない

7 はじめまして、田中(たなか)と（　　）。どうぞ　よろしく　お願(ねが)いします。

1．言えます　　2．おります
3．まいります　　4．申(もう)します

8 一等賞(いちとうしょう)が　当(あ)たる　なんて、まるで　（　　）ようだ。

1．夢(ゆめ)　　2．夢(ゆめ)の　　3．夢(ゆめ)だ　　4．夢(ゆめ)な

9 皆(みな)の　前(まえ)で　歌(うた)う（　　）が　好(す)きです。

1．と　　2．の　　3．に　　4．を

10 この中から（　　）好きな一つを選(えら)んでください。

1．だれか　　2．いつか
3．どれか　　4．なにか

11 A：「今朝(けさ)、バイクが　壊(こわ)れたんです。」
B：「（　　）、どう　したんですか。」

1. それで　　2. しかし
3. でも　　　4. ところで

12 恭子(きょうこ)ちゃんは　どのくらい　漢字(かんじ)が　（　　）。

1. 書きえます　　2. 書きられます
3. 書きますか　　4. 書けますか

13 赤(あか)ちゃんが　泣(な)いて　（　　）　困(こま)って　しまった。

1. ばかりて　　2. おいて
3. ばかりで　　4. おいで

14 A：「今日は　何時(いつ)に　帰(かえ)って　くる（　　）？」
B：「7時(じ)　までには　戻(もど)るよ。」

1. よ　　2. の　　3. に　　4. だ

15 A：「明日(あした)は　早(はや)いから、遅(おそ)くまで　テレビを（　　）よ。」
B：「わかった。」

1. 見ない　　2. 見るな　　3. 見る　　4. 見て

問題2　＿★＿に　入る　ものは　どれですか。1・2・3・4から　いちばん　いい　ものを　一つ　えらんで　ください。

16 大事な アルバム_____ _____ __★__ _____いかれた。

1. に　2. だれか　3. 持って　4. を

17 これからは たばこ_____ _____ __★__ _____します。

1. 吸わない　2. に　3. よう　4. を

18 すぐ 行くので、_____ __★__ _____ _____ください。

1. いて　2. で　3. ロビー　4. 待って

19 先月、東京に 有名な_____ _____ _____ __★__行きました。

1. に　2. を　3. 見　4. 神社

20 A：「危ない_____ _____ _____ __★__よ。」

B：「うん、気を つける。」

1. 夜　2. 1人で　3. から　4. 歩くな

問題3 **21**から**25**に 何を 入れますか。 文章の意味を考えて、1・2・3・4から いちばん

いい　ものを　一つ　えらんで　ください。

つぎは　日本語教室の学生がおまわりさん（けいさつ）について書いた文章です。

おまわりさん

先週、おまわりさんが、わたしの　アパートに　来ました。わたしは、おまわりさんが　なんの　用事 **21** と　思って、びっくりして　いました。どうして　うちに　来た **22** を　おまわりさんに　聞いて　みました。すると、おまわりさんは、ここに　住んで　いる　人の　ことを　知って **23** と　いけないので、それぞれの　家庭を　たずねて、家族の　ことを　かくにんする　仕事が　あるのだと　教えて　くれました。

たとえば、近くの　家の　家族の　人が、海外へ　留学したり、県外で　仕事したり　して、今は　この　町に　住んで　いない、という　話を　聞いたり　します。住民の　家を　訪ねて、話を　聞いて、その　家の　家族などに　変わりが　ないか、確認するのだと　聞きました。

わたしは、おまわりさんの　仕事は、犯人を　捕まえたり、事件現場に　行ったり　するなど、とても　危険な　仕事　ばかりだ **24** 　思って　いました。でも、そ

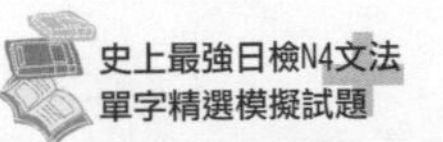

れ 25 ではなくて、町の　みんなが、安心して　生活する　ことが　できる　ように、その　ためにも、この　土地に　住んで　いる　人を　知って　おいたり、いろいろな　じょうほうを　聞き取る　ためにも、家を訪ねたり、みんなと　知り合いに　なったり　する　ことも、だいじな　仕事の　一つなのだと　思います。

21

1．です　　2．だが　　3．だろう　　4．でした

22

1．のか　　2．のだ　　3．のは　　4．のも

23

1．おいた　　2．おく
3．おける　　4．おかない

24

1．は　　2．と　　3．が　　4．を

25

1．のが　　2．いがい　　3．だけ　　4．しか

N4

第19回

問題1 （　）に 何を 入れますか。1・2・3・4から 一つ えらんで ください。

1 学生（がくせい）なら （　）らしく、もっと 勉強（べんきょう）しなさい。

1. 学生（がくせい）　2. 学生（がくせい）の
3. 学生（がくせい）だ　4. 学生（がくせい）じゃない

2 A：「たくさん 買いましたね。」
B：「ええ、このスーパーは とても （　）です。」

1. 安（やす）く　2. 安（やす）さ　3. 安（やす）いん　4. 安（やす）いだ

3 あそこに （　）って 書いて あるのに、なんで 止（と）まらなかったの？

1. 止（と）まる　2. 止（と）まるな
3. 止（と）めて　4. 止（と）まれ

4 A：「3日間（かん） 楽（たの）しかったです。」
B：「また （　）遊（あそ）びに 来て くださいね。」

1. だれか　2. どれか
3. いつか　4. なにか

5 4人　いるのに、コンサートの　チケットは　2枚（　　）　ないんです。

1．しか　　2．で　　3．から　　4．まで

6 体調が　よくないと　聞いて　心配したけど、（　　）そうだね。

1．元気だ　　2．元気な
3．元気　　4．元気に

7 駅に（　　）、連絡して　ください。

1．着く　　2．着いたら
3．着いた　　4．着き

8 昨日、ケーキを　5つ（　　）　食べて　しまった。

1．が　　2．に　　3．で　　4．も

9 A：「ただいま。わ、いいにおい。」
B：「おかえり、おいしい　パンを　焼いて　（　　）よ。」

1．おります　　2．あります
3．います　　4．おきます

10 A：「どう　しましたか。」
B：「昨日から　頭が　痛くて、せきも少し出ま

す。」

A：「そうですか。風邪（　　）ね。」

1．ようにしました　　2．にしました
3．かどうかわかりません　　4．かもしれません

11 客：「コーヒーと　サンドイッチ　ください。」
店員：「コーヒーは　アイスと　ホット、どちらに　（　　）か。」

1．いたします　　2．なさいます
3．ございます　　4．あります

12 A：「わたしの　プリンが　ない。誰か　（　　）か、知らない？」
B：「知らないよ。」

1．食べる　　2．食べて
3．食べよう　　4．食べた

13 野菜を買う（　　）、スーパーが安いですよ。

1．なら　　2．たら　　3．ので　　4．ば

14 このおかしは　昨日社長に（　　）んです。

1．いただいた　　2．うかがった
3．はいけんした　　4．まいった

15 A：「高校時代の　親友は、結婚して　子供が

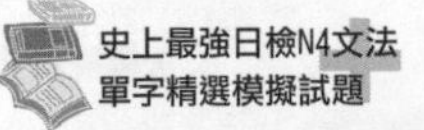

生まれたんだ（　　）。」

B：「よかったね。女の子？男の子？」

1. に　　2. を　　3. で　　4. って

問題2　＿★＿に　入る　ものは　どれですか。1・2・3・4から　いちばん　いい　ものを　一つ　えらんで　ください。

16　カタカナ＿＿＿　＿＿＿　＿★＿　＿＿＿大変です。

1. 覚える　　2. の　　3. を　　4. は

17　あの日の　記憶が＿＿＿　＿＿＿　＿★＿　＿＿＿です。

1. ことの　　2. 昨日の

3. よう　　4. まるで

18　メールで　連絡したので、課長は　そのこと＿＿＿　＿＿＿　＿＿＿　＿★＿です。

1. いる　　2. 知って　　3. はず　　4. を

19　資料の　調べ方が　わかりません。だれ＿★＿　＿＿＿　＿＿＿　＿＿＿か。

1. いい　　2. 聞けば　　3. です　　4. に

20 A：「いつも　どこで　お惣菜を買うの？」

B：「デパ地下＿＿＿＿　＿＿＿＿　＿＿＿＿　＿★＿

よ。」

1．買う　　2．商店街　　3．とか　　4．とかで

問題3　**21**から**25**に　何を　入れますか。文章の意味を考えて、1・2・3・4から　いちばん　いい　ものを　一つ　えらんで　ください。

つぎ　の　文章は　日本語を勉強している学生が交通安全について　書いたものです。

> 朝、会社へ　**21**　とき、わたしは　いつも　マンションの　管理人の　おばさんに「行ってきます」と　言います。すると　おばさんは、「**22**。気を　つけてね。」と　言って　くれます。わたしは、ちょっと　ふしぎに思いました。どうして　おばさんは、「行ってらっしゃい」の　あとに、いつも、「気を　つけてね」と、言うのかな。「行ってらっしゃい」だけでも　いいと　思う**23**。
> それで　わたしが　おばさんに　聞いて　みると、おばさんは、「じつは、わざと　言ってるの。安全を　忘れ

ない　ように　する　ことが　大切だから、いつも　聞いて　いれば、思い出したり　するよね。」と、答えて　くれました。わたしは、おどろきました。おばさんが　そんな　ことを　考えて　いた　なんて、知らなかったからです。だれだって、事故 **24** 　あいたいと　思っては　いません。でも　ちょっと　した　ゆだんが　事故に　つながったり　する　ので、自分で　気を　つけないと　思います。

あしたも　また　おばさんが、「行ってらっしゃい。気を　つけてね」と、こえを　かけて　くれるでしょう。わたしは　おばさんの　ことばに　**25**、これからも　安全に　出かけたいです。

21

1．行く　　2．行った
3．行って　4．行こう

22

1．行ってきます　　　2．行ってまいります
3．行ってらっしゃい　4．いらっしゃいませ

23

1．のが　2．のに　3．のを　4．のは

24

1. に　2. を　3. へ　4. が

25

1. 守(まも)って　2. 守(まも)り
3. 守(まも)ろう　4. 守(まも)られて

第20回

問題1　（　　）に　何を　入れますか。1・2・3・4から　一つ　えらんで　ください。

1　（　　）な　お菓子ですね。

1．おいしく　　2．おいしいそう
3．おいしそう　　4．おいしくそう

2　急いで　いたので、ドアの　鍵を　掛ける（　　）忘れて　しまった。

1．のに　　2．のを　　3．とは　　4．とも

3　A：「もしもし、図書館ですか。」
B：「いいえ、こちらは　田中商事（　　）。」

1．に　されます　　2．で　いらっしゃいます
3．で　ございます　　4．に　あります

4　お久しぶりですね。少し（　　）か。

1．痩せています　　2．痩せます
3．痩せております　　4．痩せました

5　客：「お手洗いは　どこですか。」
店員：「はい、お手洗いは　店の　奥（　　）。」

1. へ　まいります　　　　2. に　おります
3. へ　いらっしゃいます　4. に　ございます

6 あ、ファイルが　みつからない、昨日　保存（　　）はず　なのに。

1. して　　2. した　　3. する　　4. し

7 毎日　子供に　「掃除（　　）」と　言って　いますが、掃除しません。

1. する　　2. しろ
3. するな　4. しないで

8 A：「電気が　消えて　いるよ。田中くんは　（　　）　みたいだ。」
B：「やっぱり　いないわね。」

1. 留守の　　2. 留守な
3. 留守に　　4. 留守

9 田中さんは　タバコが　（　　）　かもせれない。

1. 嫌いな　　2. 嫌いに
3. 嫌いで　　4. 嫌い

10 A：「もしもし、恭子。ビールが　ないんだけど。」
B：「わかった。コンビニで　（　　）　いくね。」

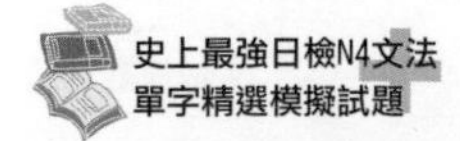

1. 買(か)った　2. 買(か)う　3. 買(か)って　4. 買(か)え

11 もし　興味(きょうみ)が　ありましたら、是非(ぜひ)　手に　取(と)って　（　　）　ください。

1. いただく　2. ご覧(らん)
3. ご存(ぞん)じ　4. 拝見(はいけん)

12 同(おな)じような　サングラスが　あって、わたしのが　（　　）　わからないんだけど。

1. なにか　2. どれか
3. だれか　4. いつか

13 残(のこ)った　ケーキは　冷蔵庫(れいぞうこ)に　（　　）ね。

1. 入(はい)れ　2. 入(い)れよう
3. 入(い)れると　4. 入(い)れといて

14 A：「いつ　実家(じっか)に　帰(かえ)るんですか。」
B：「今年(ことし)は　忙しいので、（　　）ことに　しました。」

1. 帰(かえ)って　2. 帰(かえ)らない
3. 帰(かえ)る　4. 帰(かえ)ろう

15 イギリスの　4月(がつ)は　雨が　（　　）らしいです。

1. 多く　2. 多い　3. 多さ　4. 多いな

問題2　＿★＿に　入る　ものは　どれですか。1・2・3・4から　いちばん　いい　ものを　一つ　えらんで　ください。

16　A：「アメリカの　生活（せいかつ）は　もう　なれましたか。」

B：「もうなれましたが、友（とも）だち＿＿＿　＿＿＿　＿★＿　＿＿＿です。」

1．て　　2．少なく　　3．寂（さび）しい　　4．が

17　寒いですね、＿＿＿　＿＿＿　＿★＿　＿＿＿ですか。

1．いかが　　2．でも
3．コーヒー　　4．温（あたた）かい

18　飛行機（ひこうき）は　5時（じ）なんですが、＿＿＿　＿★＿　＿＿＿　＿＿＿いいですか。

1．空港（くうこう）に　　2．までに
3．行（おこな）ったら　　4．何時（なんじ）

19　わからないことが＿★＿　＿＿＿　＿＿＿　＿＿＿。

1．なんでも　　2．ください
3．聞いて　　4．あったら

20 課長の　奥様は　日本＿＿＿　＿＿＿　＿＿＿　＿★＿ありますか。

1．いらっしゃった　　2．が
3．に　　4．こと

問題3　**21**から**25**に　何を　入れますか。　文章の意味を考えて、1・2・3・4から　いちばん　いいものを　一つ　えらんで　ください。

つぎの　学生が　将来の夢に　ついて　書いた作文です。

わたしの　ゆめ

わたしの　将来の　ゆめは、看護師に**21**ことだ。これは、わたしが小学生の　時に　入院した　時から　ずっと　**22**続けて　いる　夢である。その　とき、私は　まだ　小さかった。歩く　だけで　つらくて、食事や　トイレ**23**　大変だった。毎朝、家族が　まだ**24**　時間は　とても　不安だった。しかし、看護師さんは　いつも　「トイレは　大丈夫？」「朝ご飯　食べにいこうか？」など　優しい　言葉で　声を　かけて　くれて、わたしの　気持ちを　一瞬で　明るく　した。看護師さんの　おかげで、無事　退院する　ことが　できた。それ　以来(いらい)、私(わたし)も　看護師(かんごし)に　なり、人(ひと)の　役(やく)に　立(た)つ　仕事(しごと)を　したいと　思(おも)う　ように　なった。看護師(かんごし)に　なる　ためには、しっかり　医学(いがく)の　勉強(べんきょう)と　実習(じっしゅう)を　する　必要(ひつよう)が　ある。そして、一番(いちばん)大切(たいせつ)なのは、患者(かんじゃ)への　気持(きも)ちを　考(かんが)えて　行動(こうどう)する　ことだと　思(おも)って　いる。これからも　この夢(ゆめ)を　めざして、頑張(がんば)って　**25**と　思(おも)う。

21

1．する　　2．くる　　3．いく　　4．なる

22

1．思う　　2．思い　　3．思って　　4．思おう

23

1．と　　2．に　　3．も　　4．へ

24

1．来ていない　　2．来る
3．来ない　　4．来よう

25

1．きたい　　2．ください
3．いきたい　　4．したい

第21回

問題1　（　）に　何を　入れますか。1・2・3・4から　一つ　えらんで　ください。

1　田中くんは　英語が　上手で　フランス語（　）できます。

1. を　　2. で　　3. も　　4. に

2　これは　お米（　）作った　パンです。

1. に　　2. で　　3. の　　4. や

3　彼女は　母親（　）似て　いる。

1. へ　　2. を　　3. が　　4. に

4　友達（　）誕生日プレゼントを　もらいました。

1. から　　2. までに　　3. へ　　4. や

5　A：「企画書は　まだですか。」
B：「いま　作って　います。2時半（　）完成できると　思います。」

1．までも　　2．までは
3．までにも　　4．までには

6 この店(みせ)の　商品(しょうひん)を　全部(ぜんぶ)　見(み)たけど、ほしいのは これ（　　）だ。

1．しか　　2．だけ　　3．にも　　4．たった

7 「立入禁止(たちいりきんし)」って（　　）意味(いみ)ですか。

1．どのぐらい　　2．どうして
3．どういう　　4．どうやって

8 1時間（　　）バスが　来ない。

1．待っても　　2．待ったら
3．待つと　　4．待てば

9 A：「昨日(きのう)の　試合(しあい)は　どうだった？」
B：「緊張(きんちょう)した（　　）、楽(たの)しかったです。」

1．から　　2．ので　　3．ながら　　4．けれど

10 昨日は　テレビを　（　　）あとで　寝ました。

1．見る　　2．見て　　3．見た　　4．見よう

11 彼(かれ)から　もらった　着物(きもの)を　大事(だいじ)に　（　　）と 思(おも)います。

1. いたい　　2. したい
3. くれたい　　4. まいりたい

12 A：「この間(あいだ)　仕事(しごと)を　（　　）　ありがとうございます。」
B：「いいえ、どういたしまして。」

1. 手伝(てつだ)った　　2. 手伝(てつだ)ってから
3. 手伝(てつだ)ってやって　　4. 手伝(てつだ)ってくれて

13 この　かばんは　（　　）すぎて、買(か)えません。

1. 高い　　2. 高く　　3. 高　　4. 高さ

14 財布(さいふ)を　盗(ぬす)まれて　とても　困(こま)ったときに　警察(けいさつ)に　助(たす)けて（　　）。

1. あげました　　2. もらいました
3. くれました　　4. やりました

15 周(まわ)りの　景色(けしき)が　変(か)わっても、その　公園(こうえん)は（　　）まま　です。

1. 昔(むかし)の　　2. 買っていた
3. 買った　　4. 買うように

問題2 ＿★＿に 入る ものは どれですか。1・2・3・4から いちばん いい ものを 一つ えらんで ください。

16 空が暗くなってきたので、＿＿＿ ＿＿＿ ＿★＿ ＿＿＿。

1. かも　2. 雨が　3. しれない　4. 降る

17 1時間前(じかんまえ)に＿＿＿ ＿＿＿ ＿★＿ ＿＿＿、まだ おなかが すいていません。

1. 食べた　2. ごはんを
3. なので　4. ばかり

18 危(あぶ)ないですから、その川(かわ)＿＿＿ ＿＿＿ ＿★＿ ＿＿＿。

1. 泳いで　2. で　3. は　4. いけません

19 あの ゲームは＿★＿ ＿＿＿ ＿＿＿ ＿＿＿ やってみた。

1. だ　2. おもしろ　3. から　4. そう

20 ほかの 人(ひと)＿＿＿ ＿＿＿ ＿＿＿ ＿★＿ 自信(じしん)を もって 行動(こうどう)します。

1. 何を　2. に　3. 言われて　4. も

問題3 **21**から**25**に　何を　入れますか。　文章(ぶんしょう)の意味(いみ)を考(かんが)えて、１・２・３・４から　いちばん　いい　ものを　一つ　えらんで　ください。

みなさん、こんにちは。わたしは　田中大輔(たなかだいすけ)です。誕生日(たんじょうび)は、１０月(がつ)３日(にち)で、１５歳(さい)です。小説(しょうせつ)を　読(よ)む　**21**が　好(す)きで、特(とく)に、推理小説(すいりしょうせつ)が　大好(だいす)きです。本(ほん)を　たくさん　読(よ)む**22**、国語(こくご)が　得意(とくい)です。わたしは　いつも　おしゃべりです**23**、英語(えいご)を　話(はな)す　ときは　おとなしいです。今(いま)　英語(えいご)を　勉強(べんきょう)して　いますので、いつか　英語(えいご)の　小説(しょうせつ)を　読(よ)める**24**　なりたいです。わたしは　料理(りょうり)**25**　得意(とくい)です。週末(しゅうまつ)の　朝食(ちょうしょく)は　いつも　わたしが　作(つく)って　います。今度(こんど)、わたしの　家(いえ)に　遊(あそ)びに　来(き)て　ください。

21

1．もの　　2．こと　　3．とき　　4．とこ

22

1．のだ　　2．のに　　3．ので　　4．のも

23

1．が　　2．は　　3．も　　4．だ

24

1. ほうが　2. いうに
3. そうな　4. ように

25

1. を　2. も　3. で　4. に

文字語彙
N4
模擬試題
史上最強日檢N4
文法+單字精選模擬試題

第1回

問題1 ＿＿＿のことばは　ひらがなで　どう　かきますか。1・2・3・4から　いちばん　いい　ものを　一つ　えらんで　ください。

1 にちようびに　美術館に　行きたいです。

1．びじゅつかん　　2．びじゅうかん
3．びじゅつがん　　4．びじゅうがん

2 わたしは　再来月に　ひっこします。

1．さいらいげつ　　2．さいらいけつ
3．さらいけつ　　4．さらいげつ

3 スーパーで　果物を　買いました。

1．かくぶつ　　2．くだもの
3．かもの　　4．くだぶつ

4 今日　ちこくの　理由を　おしえて　ください。

1．りゆう　　2．りゆ
3．りいゆ　　4．りいゆ

5 ちちは　タクシーの　運転手です。

1．うんでんしゅ　　2．うんてんしゅう

3. うんてんしゅ　　4. うんでんしゅう

6 こんかいの　せんきょの　競争は　はげしいです。

1. きょうそう　　2. きょそう
3. きょうそ　　4. きょそ

7 わたしは　かれを　しょくじに　招待しました。

1. しょだい　　2. しょうだい
3. しょたい　　4. しょうたい

8 かのじょに　"指輪"を　プレゼント　しました。

1. あびわ　　2. しわ
3. さしわ　　4. ゆびわ

9 その　"小説"は　どうですか。

1. しょうせつ　　2. こぜつ
3. しょせつ　　4. しょうぜつ

問題2 ＿＿のことばは　どう　かきますか。1・2・3・4から　いちばん　いい　ものを　一つ　えらんで　ください。

10 くつを　ぬいでから　この　部屋に　はいって　ください。

1. 鞭　　2. 鞄　　3. 靴　　4. 鞍

11 しょうてんがいの　おくに　ほんやが　あります。

1．裏　2．奥　3．隅　4．底

12 こどもが　かぜで　ねつが　でました。

1．風　2．凧　3．凧邪　4．風邪

13 これは　日本で　作られた　日本せいの　とけいです。

1．制　2．精　3．製　4．刈

14 レストランの　まえに　ちゅうしゃじょうが　あります。

1．主車場　2．駐車場
3．駐車揚　4．駒車場

15 この　電話は　こしょうして　います。

1．故郷　2．障害　3．固障　4．故障

問題3　（　）に　なにを　いれますか。1・2・3・4から　いちばんいい　ものを　一つ　えらんで　ください。

16 きのう　しごとで　おそく　ねたので、　きょうは（　　）。

1．そうじしました　　2．うんどうしました
3．ねぼうしました　　4．しつもんしました

17 あつい から　（　　）を　つけて　ください。

1．でんき　　2．テレビ
3．だんぼう　　4．れいぼう

18 5じを　（　　）　かえりましょう。

1．いっても　　2．きたら
3．すぎたら　　4．あと

19 かれは　（　　）ようですが、ほんとうは　しんせつな　ひとなのです。

1．きびしい　　2．やさしい
3．むずかしい　　4．たのしい

20 かいしゃに　いく（　　）、しゃちょうに　あいました。

1．うえ　　2．とちゅうで
3．なか　　4．ながら

21 ちこくして　せんせいに　（　　）。

1．しかられました　　2．ほめられました

3. おしえられました　4. いわれました

22 もう（　　）だと　おもいますが、ここは　げんきん　しか　つかえません。

1. ごちそう　2. ごぞんじ
3. おつかれ　4. はいけん

23 あさから　（　　）が　いたくて、かぜを　ひいた　みたいです。

1. まゆげ　2. かみ　3. こえ　4. のど

24 だいがくに　はいったら、（　　）を　しようと　おもいます。

1. アンケート　2. アルバイト
3. パンフレット　4. チケット

25 どうそうかいで　（　　）　こうこうの　どうきゅうせいと　あいました。

1. だんだん　2. だいだい
3. ひさしぶりに　4. たぶん

問題4 ＿＿の　ぶんと　だいたい　おなじ　いみの　ぶんが　あります。1・2・3・4から　いちばん　いい　ものを　一つ　えらんで　ください。

26 ちょうど　ごはんを　たべようと　おもって　いた　ところです。

1. ごはんを　たべた　はずです。
2. ちょうど　ごはんを　たべて　いた　ところです。
3. これから　ごはんを　たべる　ところです。
4. ちょうど　ごはんを　たべた　ところです。

27 きのうは　どこに　行きましたか。

1. きのうは　どんなじかんに　行きましたか。
2. きのうは　だれと　行きましたか。
3. きのうは　どんなところに　行きましたか。
4. きのうは　なにを　しに　行きましたか。

28 くつを　はいた　まま　へやに　はいって　しまいました。

1. くつを　はかないで　へやに　はいって　しまいました。
2. くつを　ぬいでなく　へやに　はいって　しまいました。

3. くつを　ぬいだまま　へやに　はいって　しまいました。

4. くつを　ぬいで　から　へやに　はいって　しまいました。

29 あの　てんいんの　せつめいは　すごく　ていねいで　はっきり　して　います。

1. あの　てんいんの　せつめいは　わかりやすいです。
2. あの　てんいんの　せつめいは　むずかしいです。
3. あの　てんいんの　せつめいは　わかりにくいです。
4. あの　てんいんの　せつめいは　てきとうです。

30 あしたは　ようじが　ある　ので、パーティーにいきません。

1. あしたは　ちょうしが　わるい　ので、パーティーに　いきません。
2. あしたは　こうつうが　わるい　ので、パーティーに　いきません。
3. あしたは　でんしゃが　ある　ので、パーティーに　いきません。
4. あしたは　つごうが　わるい　ので、パーティーに　いきません。

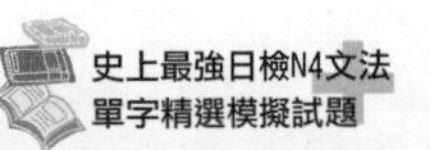

問題5 つぎの　ことばの　つかいかたで　いちばん　いい　ものを　1・2・3・4から　一つ　えらんで　ください。

31 ひきだし

1. ひきだしに　テレビを　おいて　ください。
2. つくえの　ひきだしに　ノートを　しまって　ある。
3. ひきだしの　うえに　あさごはんが　あります。
4. その　ひきだしは　でんげんが　こわれて　います。

32 あく

1. さむい　から　まどを　あいて　ください。
2. テレビを　あいて　ください。
3. あしたの　よるなら　じかんが　あいて　います。
4. あさから　なにも　たべて　いない　ので、おなかが　あて”　います。

33 まじめに

1. これからも　まじめに　しごとを　がんばります。

2. かれは　ぶかを　まじめに　して　います。
3. おからだを　まじめに　して　ください。
4. みんなは　まじめに　かのじょの　じょうだんを　きいて　います。

34 もうすぐ

1. もうすぐ　あめが　ふりました。
2. でんしゃは　もうすぐ　はっしゃします。いそいで　ください。
3. クリスマスが　きた　ので　もうすぐ　たのしみです。
4. テストが　終わって　もうすぐ　ほっと　しました。

35 ほめる

1. あなたの　せい　では　ありませんから。じぶんを　ほめないで　ください。
2. がくせいが　おてつだいを　がんばった　ので、ほめて　あげました。
3. がくせいが　ちこく　した　ので、ほめました。
4. しっぱい　した　とき、かれは　いつも　ほめて　くれた。

第2回

問題1 ＿＿のことばは　ひらがなで　どう　かきますか。1・2・3・4から　いちばん　いい　ものを　一つ　えらんで　ください。

1 わたしは　秋が　すきです。

1. はる　2. あき　3. なつ　4. ふゆ

2 夕方　までに　しゅくだいを　だして　ください。

1. ゆかた　2. ゆうかた
3. ゆがた　4. ゆうがた

3 まいにち　日記を　書いて　います。

1. にっき　2. にき　3. にちき　4. ひき

4 小説を　よむのが　すきです。

1. しょせつ　2. しょうせつ
3. しょぜつ　4. しょうぜつ

5 ここから　港が　見えます。

1. こう　2. うみ
3. みずうみ　4. みなと

6 ひるごはんは　いつも　かいしゃの　食堂で　食べます。

1．しょくとう　　2．しょくどう
3．しゅくどう　　4．しゅくとう

7 店員が　わたしに　しょうひんの　せつめいを　した。

1．てんにん　　2．てにん
3．てんいん　　4．ていん

8 アメリカで　いろいろな　経験を　した。

1．けいけん　　2．けげん
3．けいげん　　4．けけん

9 かれは　石の　ように　がんこです。

1．すな　　2．えだ
3．くさ　　4．いし

問題2　＿＿のことばは　どう　かきますか。1・2・3・4から　いちばん　いい　ものを　一つ　えらんで　ください。

10 たなかさんは　あおいの　スカートを　はいています。

1. 青い　　2. 黒い　　3. 赤い　　4. 黄色い

11 かいぎの　ばしょは　どこですか。

1. 台所　　2. 場合　　3. 出所　　4. 場所

12 かいしゃは　えきから　あるいて　１０分です。

1. 書いて　　2. 歩いて
3. 走いて　　4. 去いて

13 わたしは　もう　ねむい　から　ねます。

1. 覚い　　2. 寝い　　3. 眠い　　4. 起い

14 くうこうが　できて　べんりに　なりました。

1. 弁利　　2. 便利　　3. 便理　　4. 更理

15 けさ　ゆきが　ふりました。

1. 雪　　2. 霧　　3. 雲　　4. 雷

問題３　（　　）に　なにを　いれますか。１・２・３・４から　いちばんいい　ものを　一つ　えらんで　ください。

16 この　シャツは　まだ　（　　）　いません。

1. かわいて　　2. さいて

3．ふいて　　4．なおって

17 かれは　いつも　（　　）　はたらいて　います。

1．ぜいたくに　　2．ぶじに
3．まっすぐに　　4．ねっしんに

18 ここに　くるまを　（　　）　いいですか。

1．とめても　　2．しめても
3．きめても　　4．やめても

19 その　かわで　泳ぐのは　（　　）です。

1．けっこう　　2．きけん
3．きぶん　　4．きもち

20 にもつを　わたしの　へやまで　（　　）　ください。

1．はして　　2．つかって
3．すんで　　4．はこんで

21 もし　なにか　こまった　ことが　あれば、わたしに　（　　）して　ください。

1．けんか　　2．そうだん
3．あいさつ　　4．はんたい

22 みんな　りょこうの　（　　）が　できましたか。

1. ようい　　2. りょうり
3. せわ　　4. めいわく

23 かれは　やきゅうの　（　　）を　せつめいしてくれました。

1. あんない　　2. アイディア
3. けんがく　　4. ルール

24 かのじょは　おんがくに　（　　）が　あります。

1. しゅみ　　2. きょうみ
3. いみ　　4. きもち

25 （　　）を　なくして　しまいました。それでふくが　買えませんでした。

1. レジ　　2. おつり
3. さいふ　　4. レシート

問題4　＿＿の　ぶんと　だいたい　おなじ　いみの　ぶんが　あります。1・2・3・4から　いちばん　いい　ものを　一つ　えらんで　ください。

26 田中くんは　先生に　ほめられました。

1. 先生は　田中くんに　「急いで　ください」と　言いました。
2. 先生は　田中くんに　「しずかに　しなさい」と　言いました。
3. 先生は　たな田中かくんに　「ちょっと　やすみましょう」と　言いました。
4. 先生は　田中くんに　「よくできました」と　言いました。

27 けさは　ねぼうしました。

1. けさは　おきるのが　はやく　なって　しまいました。
2. けさは　おきるのが　おそく　なって　しまいました。
3. けさは　ねるのが　はやかったです。
4. けさは　ねるのが　おそかったです。

28 おとうとは　サッカーが　うまいです。

1. おとうとは　サッカーが　きらいです。
2. おとうとは　サッカーが　おいしいです。
3. おとうとは　サッカーが　へたです。
4. おとうとは　サッカーが　じょうずです。

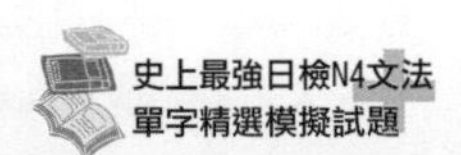

29 もっと　ていねいに　かいた　ほうが　いいです。

1. もっと　ほそく　かいた　ほうが　いいです。
2. もっと　おおきく　かいた　ほうが　いいです。
3. もっと　かんたんに　かいた　ほうが　いいです。
4. もっと　きれいに　かいた　ほうが　いいです。

30 でんしゃが　しゅっぱつしました。

1. でんしゃが　とまりました。
2. でんしゃが　かえりました。
3. でんしゃが　つきました。
4. でんしゃが　でました。

問題5　つぎの　ことばの　つかいかたで　いちばん　いい　ものを　1・2・3・4から　一つ　えらんで　ください。

31 しんせつ

1. インターネットは　とても　しんせつです。
2. かいしゃの　せんぱいは　とても　しんせつです。
3. やさいは　からだに　とても　しんせつです。

4. 父は　おはなに　とても　<u>しんせつ</u>です。

32 ちこくする

1. かいぎに<u>ちこくして</u>　すみません。
2. へんじが　<u>ちこくして</u>　すみません。
3. 3時の　ひこうきに　<u>ちこくして</u>　しまいました。
4 わたしの　とけいは　<u>ちょこくして</u>　います。

33 わる

1. ほんを　<u>わって</u>、ひきだしに　しまいました。
2. カーテンを　<u>わって</u>　しまいました。
3. この　ケーキを　3つに　<u>わって</u>　ください。
4. コップを　おとして、<u>わって</u>　しまいました。

34 にがい

1. わたしは　じしんが　<u>にがい</u>です。
2. あの　みせの　コーヒーは　<u>にがい</u>です。
3. かぜを　ひいた　ので、あたまが　<u>にがい</u>です。
4. にもつが　おおくて　<u>にがい</u>です。

35 るす

1. せんせいの　いえに　行ったら、<u>るす</u>でした。
2. ぶじゅつかんは　きょうは　<u>るす</u>です。

3. きょうは　テストが　あるので、るすを　とれません。
4. この　しんかんせんには　るすの　せきが　ありません。

第3回

問題1 ＿＿のことばは　ひらがなで　どう　かきますか。１・２・３・４から　いちばん　いい　ものを　一つ　えらんで　ください。

1 くうこうから　ホテルへの　<u>交通</u>は　べんりです。

1．こんつう　2．こうつう
3．こうつ　4．こんつ

2 <u>警察</u>に　じこの　ことを　話しました。

1．けいじ　2．けいさつ
3．けんさつ　4．こうばん

3 かじが　おこった　<u>原因</u>は　なんですか。

1．げいいん　2．げいん
3．げんい　4．げんいん

4 わたしは　<u>政治</u>に　きょうみが　ありません。

1．せいじ　2．せんじ
3．せいち　4．せんち

5 かれは　<u>船</u>で　福岡（ふくおか）へ　行きますた。

1．くるま　2．ふね　3．うみ　4．かわ

6 だいがくで　法律を　べんきょうして　います。

1．ほりつ　　2．ほうり
3．ほうりつ　　4．ほり

7 ねる　まえに　おふろに　はいるのが　わたしの　習慣です。

1．しゅうかん　　2．しょうかん
3．しょかん　　4．しゅかん

8 きょうは　社長に　ほめられました。

1．しゃいん　　2．しゃちょう
3．かいしゃ　　4．しゃない

9 かれは　経済に　くわしいです。

1．けいさい　　2．けいざい
3．けんさい　　4．けんざい

問題2　＿＿のことばは　どう　かきますか。1・2・3・4から　いちばん　いい　ものを　一つ　えらんで　ください。

10 こともの　ことで　せんせいと　そうだんしました。

1．相席　2．相信　3．相互　4．相談

11 わたしは　まいにち　テニスを　れんしゅうして　います。

1．復習　2．練習　3．予習　4．実習

12 あの　せんせいの　こうぎは　おもしろいです。

1．講演　2．演説　3．講義　4．授業

13 かちょうは　きのう　たいいんしました。

1．退院　2．入院　3．住院　4．出院

14 きょうは　そふと　いっしょに　かいものに　行きました。

1．祖母　2．父親　3．叔父　4．祖父

15 さいふを　なくして　しまいました。

1．財産　2．財希　3．財布　4．財箒

問題3　（　　）に　なにを　いれますか。1・2・3・4から　いちばんいい　ものを　一つ　えらんで　ください。

16 わるい　ことを　しては　（　　）ですよ。

1. じかん　　2. だめ　　3. ふつう　　4. そう

17 あの　へやの　だんぼうが　（　　）　います。

1. わって　　2. こわして
3. やぶれて　　4. こわれて

18 ここから　せんせいの　こえが　（　　）　きこえます。

1. はっきり　　2. さっぱり
3. すっきり　　4. びっくり

19 その　ふくは　もう　きないので、（　　）　ください。

1. くれて　　2. もらって
3. ひろって　　4. すてて

20 よるは　さむいから、エアコンを　（　　）。

1. つきません　　2. つけません
3. つれません　　4. つくりません

21 あした　（　　）が　あるので、かいぎに　さんかできません。

1. ようじ　　2. じこ　　3. つごう　　4. もの

22 しけんが　はじまるので、（　　）を　しまって　ください。

1．パスタ　　2．テキスト
3．レストラン　　4．アルバイト

23 （　　）が　でて　つきが　みえなく　なりました。

1．くうき　　2．くも　　3．みず　　4．かぜ

24 （　　）　きょうしつに　いた　ひとは　だれですか。

1．さっき　　2．あとで
3．これから　　4．つぎに

25 あそんで（　　）　いないで、べんきょうしなさい。

1．まま　　2．しか　　3．ばかり　　4．だけ

問題4　___の　ぶんと　だいたい　おなじ　いみの　ぶんが　あります。1・2・3・4から　いちばん　いい　ものを　一つ　えらんで　ください。

26 かれは　だいがくに　行きながら、アルバイトを

しています。

1. かれは　かいしゃいんです。
2. かれは　あさから　ばんまで　はたらいて　います。
3. かれは　しごとを　して　いません。
4. かれは　ときどき　しごとに　行きます。

27 かちょうの　いえに　行きましたが、るすでした。

1. かちょうが　いえに　いる　あいだに　うかがいました。
2. かちょうが　いえに　いない　あいだに　うかがいました。
3. かちょうが　いえに　いたとき　うかがいました。
4. かちょうが　いえから　でないとき　うががいました。

28 ピアノと　バイオリン、りょうほう　ならう　ことに　しました。

1. ピアノと　バイオリン、どちらも　ならわない　ことに　しました。
2. ピアノか　バイオリンを　ならう　ことに　しました。
3. ピアノと　バイオリンの　どちらかを　ならう　ことに　しました。

4. ピアノとバイリン、どちらも　ならう　ことにしました。

29 りょうしんから　にもつが　とどきました。

1. りょうしんが　にもつを　うけとりました。
2. りょうしんが　にもつを　おくって　くれました。
3. りょうしんへ　にもつを　おくりました。
4. りょうしんに　にもつを　とどけました。

30 しょうたいを　うけて、かれは　よろこんで　います。

1. しょうたいを　うけて、かれは　がっかりしています。
2. しょうたいを　うけて、かれは　おどろいています。
3. しょうたいを　うけて、かれは　うれしがっています。
4. しょうたいを　うけて、かれは　おちこんでいます。

問題5 つぎの　ことばの　つかいかたで　いちばん　いい　ものを　1・2・3・4から　一つ　えらんで　ください。

31 よしゅう

1. かれは　まいにち　じゅぎょうの　よしゅうを　して　います。
2. かれは　いままで　ならんだ　ことを　よしゅうしました。
3. かれは　きのうの　じゅぎょうの　よしゅうを　して　います。
4. テストの　まえに　しりょうを　よしゅうしました。

32 なかなか

1. けさ、　わたしは　なかなか　かれに　あいました。
2. わたしたちは　なかなか　おなじ　バッグを　買いました。
3. ゆうべ　あたまが　いたくて　なかなか　ねむれませんでした。
4. わたしは　なかなか　よる　10時に　寝ます。

33 やすみ

1. かれは　いつも　じゅぎょうちゅうに　やすみを　します。
2. いもうとは　かいしゃに　1しゅうかんの　やすみを　とりました。

3. やすみが　あって、　かいしゃに　行きました。
4. くつの　なかに　やすみが　はいって、かゆいです。

34 いたい

1. かぜで　あたまが　いたいです。
2. きのうの　テストは　いたいです。
3. ここの　けしきは　とても　いたいです。
4. わたしは　しごとが　いそがしくて、いえにかえるのは　いたいです。

35 おくれる

1. いそがしくて　おくれて　おきて　いました。
2. かれは　まいにち　おくれて　まで　はたらいて　います。
3. へんじが　おくれて　すみません。
4. むすこは　ぬるのは　いつも　おくれます。

第4回

問題1 ＿＿のことばは　ひらがなで　どう　かきますか。1・2・3・4から　いちばん　いい　ものを　一つ　えらんで　ください。

1　わたしたちは　その　しらせに　驚きました。

1. ととろきました　2. おとろきました
3. おどろきました　4. とどろきました

2　わたしは　きのうの　じゅぎょうの　復習を　しています。

1. ふしゅう　2. ふくしゅう
3. ふくしゅ　4. ふしゅ

3　じこで　てが　動かなく　なりました。

1. うごかなく　2. はたらかなく
3. かかなく　4. あるかなく

4　わたしたちは　一昨日、とうきょうに　とうちゃくしました。

1. あした　2. きのう
3. あさって　4. おととい

5 へやの　電気を　けして　ください。

1．でんき　　2．てんき
3．でんち　　4．てんち

6 賛成の　ひとは　てを　あげて　ください。

1．ざんせい　　2．さんぜい
3．さんせい　　4．ざんぜい

7 わたしは　にわで　やさいを　育てて　います。

1．たてて　　2．そだてて
3．そたてて　　4．いたてて

8 かのじょは　泥棒に　さいふを　とられた。

1．でいぼう　　2．どろぼう
3．どろほう　　4．でいほう

9 これは　是非　みたいと　おもって　いた　映画（えいが）です。

1．かならず　　2．ぜったい
3．けってい　　4．ぜひ

問題2 ＿＿のことばは　どう　かきますか。1・2・3・4から　いちばん　いい　ものを　一つ　えらんで　ください。

10 これは　とても　ふくざつな　もんだいです。

1. 複雑な　2. 復雑な
3. 複難な　4. 復難な

11 かれは　まじめな　学生です。

1. 面白な　2. 真剣な
3. 真面目な　4. 正直な

12 ケイタイの　でんちが　きれました。

1. 霧池　2. 電池　3. 雷池　4. 雪池

13 しょうらい　いしゃに　なりたいです。

1. 由来　2. 以来　3. 将来　4. 未来

14 昨日の　しけんは　とても　かんたんです。

1. 簡単　2. 感動　3. 容易　4. 感単

15 あした　から　じっけんを　はじめる　よていです。

1. 事件　2. 時限　3. 試験　4. 実験

問題3　（　　）に　なにを　いれますか。1・2・3・4から　いちばんいい　ものを　一つ　えらんで　ください。

16 わたしの　（　　）は　サッカーせんしゅです。

1．くも　2．ほし　3．すき　4．ゆめ

17 （　　）の　こうぎでは　よく　じっけんを　します。

1．こくぶん　2．かがく
3．ほうりつ　4．すうがく

18 （　　）を　きて　けっこんしきに　しゅっせきしました。

1．ハンカチ　2．とけい
3．くつした　4．きもの

19 その　じょうほうは　わたしに　とって　（　　）に　たつ。

1．め　2．やく　3．えき　4．こと

20 はるに　なると　にわには　たくさんの　さくらが　（　　）。

1．さきます　2．ひきます
3．あけます　4．かきます

21 かれが　家に　いる　なんて　（　　）　ことだ。

1. おいしい　　2. やさしい
3. めずらしい　　4. くやしい

22 4　（　　）　2は　8です。

1. たす　　2. ひく　　3　わる　　4. かける

23 さんせいの　ひとは　手を　（　　）　ください。

1. さがって　　2. あげて
3. あけて　　4. ひらいて

24 わたしたちは　3キロ　（　　）。

1. はしりました　　2. おこりました
3. みました　　4. わすれました

25 かのじょは　びょういんから　（　　）しました。

1. にゅういん　　2. そつぎょう
3. たいいん　　4. しゅっきん

問題4 ＿＿＿の　ぶんと　だいたい　おなじ　いみの　ぶんが　あります。１・２・３・４から　いちばん　いい　ものを　一つ　えらんで　ください。

26 かのじょは　よく　びょうきを　します。

1. かのじょは　いしゃです。
2. かのじょは　からだが　よわいです。
3. かのじょは　とても　元気です。
4. かのじょは　からだが　大きいです。

27 もう　おそい　ですから、そろそろ　かえります。

1. もう　おそい　ですから、そろそろ　おります。
2. もう　おそい　ですから、そろそろ　まいります。
3. もう　おそい　ですから、そろそろ　えんりょします。
4. もう　おそい　ですから、そろそろ　しつれいします。

28 にんじん　いがいは、なんでも　たべます。

1. にんじんしか　たべません。
2. にんじんが　すきです。

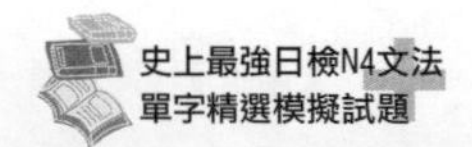

3. にんじんだけは　きらいです。
4. にんじんも　なんでも　たべます。

29 いすの　したに、ねこが　います。

1. いすの　したに、　ねこを　すてました。
2. いすの　したに、　ねこを　みつけました。
3. いすの　したに、　ねこを　おきました。
4. いすの　したに、　ねこを　おくりました。

30 だいたい　ふつか　おきに、かぞくに　でんわします。

1. まいにち　かぞくに　でんわします。
2. いっしゅうかんに　３かいくらい、かぞくに　でんわします。
3. いちにちに　いっかい、かぞくに　でんわします。
4. かぞくに　でんわしません。

問題5 **つぎの　ことばの　つかいかたで　いちばん　いい　ものを　1・2・3・4から　一つ　えらんで　ください。**

31 おかしい

1. パソコンの　ちょうしが　おかしいです。

2. この　にくの　あじは　おかしくて　おいしいです。
3. この　くつは　おかしくて　はきやすいです。
4. たなかさんは　せいかくが　よくて　おかしいです。

32 おちる

1. かぜで　きが　おちました。
2. かれは　びょうきで　おちました。
3. ほんが　つくえの　したに　おちて　います。
4. 今日は　みちが　おちやすい　ので、きをつけてね。

33 やっと

1. 1ねんかん　がんばって、わたしたちの　ゆめは　やっと　かないます。
2. その　えいがは　やっと　おもしろいと　おもいますよ。
3. すべては　やっと　うまく　いくでしょう。
4. 1じかんも　あるいて、やっと　つきました。

34 ねだん

1. かいけいして　ねだんを　もらいました。
2. とりにくの　ねだんが　あがりました。
3. わたしたちの　ねだんは　すくなく　なりました。

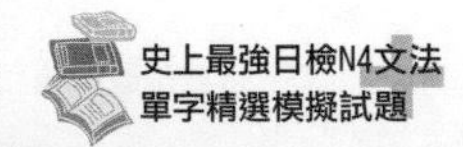

4. かれは　たかい　ねだんを　もらって　います。

35 しょうたいする

1. その　だいがくの　にゅうがくしけんを　しょうたいしたいです。
2. こちらの　しょうひんを　しょうたいして　ください。
3. ぶちょうが　ごごの　かいぎに　しょうたいしました。
4. ともだちの　けっこんしきに　しょうたいされました。

第5回

問題1 ＿＿のことばは　ひらがなで　どう　かきますか。1・2・3・4から　いちばん　いい　ものを　一つ　えらんで　ください。

1 るすの　<u>間</u>に　へやに　どろぼうが　はいった。

1．かん　　2．あいま
3．あいだ　　4．あいて

2 むすこは　<u>今年</u>　だいがくいんに　はいりました。

1．こんねん　　2．きょねん
3．はんとし　　4．ことし

3 こどもたちは　うんどうじょうに　<u>集まった</u>。

1．あつまった　　2．つまった
3．あまった　　4．せまった

4 かいしゃに　はいると　かのじょは　しゃちょうしつに　<u>案内</u>された。

1．あんしん　　2．あんない
3．しょうかい　　4．しんらい

5 かのじょは　にわで　バラを　<u>植えて</u>います。

1．あえて　　2．おえて
3．たえて　　4．うえて

6 うちゅうから　見ると、ちきゅうは　とても　美しいです。

1．うつくしい　　2．きれしい
3．たのしい　　4．くるしい

7 かのじょは　鏡を　みて、けしょうを　なおしました。

1．とけい　　2．かがく
3．めがね　　4．かがみ

8 あねは　わたしの　へやを　片付けて　くれました。

1．かだつけて　　2．かたつけて
3．かたづけて　　4．かだづけて

9 はしの　正しい　つかいかたを　おしえて　ください。

1．ただしい　　2．やさしい
3．むずかしい　　4．せいしい

問題2 ＿＿のことばは　どう　かきますか。1・2・3・4から　いちばん　いい　ものを　一つ　えらんで　ください。

10 せんせいは　かれに　おくれないように　ちゅういしました。

1．注目　2．意味　3．注意　4．留意

11 かのじょは　その　しごとに　いちばん　てきとうな　ひとだと　いわれて　います。

1．適当な　2．敵当な
3．適妥な　4．敵党な

12 その　みせに　はいると　かならず　てんいんが　こえを　かけて　くる。

1．店主　2．店長　3．店舗　4．店員

13 ちちは　ねこを　かうことに　はんたいした。

1．反応　2．反対　3．反則　4．反面

14 せんじつは　おせわに　なりました。

1．お邪魔　2．お電話
3．お世話　4．お世辞

15 わたしは　その　テストに　しっぱいして　がっかり　しました。

1．失敗　　2．質問　　3．申込　　4．失意

問題3　（　　）に　なにを　いれますか。1・2・3・4から　いちばんいい　ものを　一つ　えらんで　ください。

16 この　きじは　（　　）と　まったく　ちがう。ほんとうに　ひどい　きじです。

1．じじつ　　2．うそ
3．じかん　　4．ばしょ

17 ふとんを　たたんで　（　　）に　しまった。

1．ゆか　　2．ドア
3．ベッド　　4．押入れ

18 ５０００円さつで　はらって　５００円の　（　　）をもらった。

1．かんじょう　　2．おつり
3．かいけい　　4．レシート

19 あぶないから　（　　）を　おとして　ください。

1. スピード　　2. トラック
3. ピアノ　　4　サラダ

20 おさけを　のんで　（　　）が　わるく　なった。

1. きもち　　2. きあい
3. きぶん　　4. いきおい

21 かれは　おんがくに　（　　）が　あるそうです。

1. しゅみ　　2. きょうみ
3. いみ　　4. おもみ

22 ちょうしょくの　まえに　ジョギングを　するのが　ちいさいころからの　（　　）です。

1. しゅうかん　　2. うんめい
3. こうぎ　　4. じゅぎょう

23 どうしたら　いいのか　わからなくて　せんせいに　（　　）しました。

1. あんない　　2. そうだん
3. しょうかい　　4. じゅんび

24 なつやすみは　かいがいに　いきたいな。（　　）、ハワイ、かんこく　とかね。

1．たまに　　　2．そいえば
3．ところで　　4．たとえば

25　1しゅうかんまえに　ちゅうもんしたのですが、まだ　にもつが　とどかないんです。わたしの　ちゅうもん　じょうきょうを　（　　）して　いただけますか。

1．チェック　　2．ロック
3．ブック　　　4．ミュージック

問題4　＿＿の　ぶんと　だいたい　おなじ　いみの　ぶんが　あります。1・2・3・4から　いちばん　いい　ものを　一つ　えらんで　ください。

26　しゅう　1かい　うんどうして　いる。

1．まいにち　うんどうして　いる。
2．1にち　1かい　うんどうして　いる。
3．まいしゅう　1じかん　うんどうして　いる。
4．うんどうは　しゅうに　いちどです。

27　かれは　けっして　おこらない　ひとです

1．かれは　おこらないと　いけないです。
2．かれは　いつも　おこって　います。
3．かれは　ぜったいに　おこらない　ひとです。

4. かれは　ときどき　おこらない　ひとです。

28 しごとの　つごうで　パーティーに　行けなかった。

1. しごとが　あって　パーティーに　しゅっせき　できなかった。
2. しごと　しなくて　パーティーに　しゅっせき　した。
3. しごとが　なくて　パーティーに　しゅっせき　できなかった。
4. しごとが　いそがしくて　パーティーに　しゅっせき　した。

29 あめが　1しゅうかんも　ふりつづいて　います。

1. あめが　1しゅうかんも　ふりだした。
2. あめが　1しゅうかんご　やむ。
3. あめが　1しゅうかんも　ふった。
4. あめが　1しゅうかんまえに　ふっていた。

30 らいしゅう　きこくする　つもりです。

1. らいしゅう　べんきょうしようと　おもいます。
2. らいしゅう　きこくしようと　おもいます。
3. らいしゅう　がっこうへ　いこうと　おもいます。

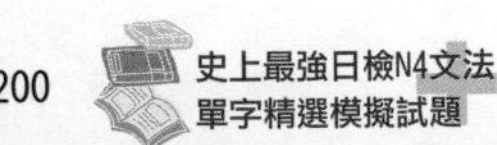

4. らいしゅう　かいがいに　いこうと　おもいます。

問題5　**つぎの　ことばの　つかいかたで　いちばん　いい　ものを　1・2・3・4から　一つ　えらんで　ください。**

31　とちゅう

1. しごとに　行く　とちゅう で　かれに　であった。
2. かれは　いつも　とちゅうを　さんぽして　いる。
3. とちゅうで　ほんを　かりた。
4. 学校（がっこう）まえの　とちゅうは　いつも　こんで　いる。

32　とめる

1. かのじょは　ともだちの　いえに　とめた。
2. かれは　いつも　カフェで　しゅくだいを　とめる。
3. くるまが　どうろの　まんなかで　とめた。
4. かのじょは　あしを　とめて　ちずを　みた。

33 ばあい

1. かならず　せいこう　するから、もう　いっかい　ばあいを　ください。
2. きょうは　からだの　ばあいが　よくなかった。
3. あめの　ばあいは　うんどうかいを　ちゅうしする。
4. ここは　かんこうに　よく　くる　ばあいです。

34 まにあう

1. かのじょは　ははに　まにあって　いる。
2. いっしょうけんめい　はしって　やっと　でんしゃに　まにあった。
3. ざんぎょうしても　しごとが　まにあって　いる。
4. かのじょは　いつも　8じに　かいしゃに　まにあう。

35 ゆれた

1. たいふうで　かぜが　ゆれた。
2. こどもたちは　おんがくに　あわせて　ゆれて　いる。
3. じしんで　いえが　ゆれた。
4. かれと　ゆれながら　いえに　かえる。

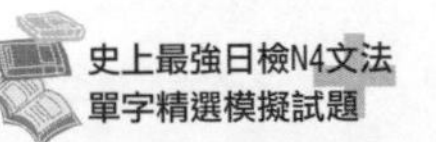

第6回

問題1 ＿＿のことばは　ひらがなで　どう　かきますか。1・2・3・4から　いちばん　いい　ものを　一つ　えらんで　ください。

1 明後日　くにに　かえります。

1．あした　2．きのう
3．おととい　4．あさって

2 かれは　一度も　じゅぎょうを　けっせきした　ことが　ありません。

1．いちども　2．いっかいも
3．いちじも　4．いっぺんも

3 わたしたちが　はじめて　あったひの　ことは　決して　わすれません。

1．きして　2．けして
3．きっして　4．けっして

4 ちこくして　先生に　叱られた。

1．ほめられた　2．おこられた
3．しかられた　4．おしえられた

5 かのじょは　ゆうしょくの　用意を　して　います。

1. よぎ　　2. よんい
3. よんぎ　4. ようい

6 この　タオルは　あぶらで　汚れて　います。

1. たおれて　2. よごれて
3. つかれて　4. おわれて

7 かれに　伝言を　つたえて　ほしい。

1. でんげん　2. てんせつ
3. でんぴょう　4. でんごん

8 わたしたちは　バスで　東京を　見物しました。

1. けんぶつ　2. みもの
3. けんもの　4. みぶつ

9 わたしたちは　がっこうで　かのじょの　たんじょうびを　お祝いを　した。

1. おのろい　2. おれい
3. おいわい　4. おつかい

問題2　＿＿のことばは　どう　かきますか。1・2・3・4から　いちばん　いい　ものを　一つ　えらんで　ください。

10 へんじが　おくれて　すみません。

1．倒れて　　2．疲れて
3．遅れて　　4．帰れて

11 ことしの　ははのひに　はじめて　おっとの　ははに　おくりものを　した。

1．忘り物　　2．便り物
3．贈り物　　4．祝り物

12 かちょうが　にゅういんしたと　きいて、びょういんに　おみまいに　行きました。

1．お祝い　　2．お見舞い
3．お思い　　4．お使い

13 ごごの　ミーティングの　ばしょは　だい２かいぎしつではなく、だい１かいぎしつに　なりました。

1．回議室　　2．会議質
3．会儀屋　　4．会議室

14 この　かびんは　あなたのと　かたちが　おなじです。

1．形　　2．声　　3．体　　4．心

15 にほんごの　れんしゅうを　したいけど、<u>あいて</u>が　いなくて　こまって　いる。

1．相方　　2．相棒　　3．相手　　4．相席

問題3　（　　）に　なにを　いれますか。1・2・3・4から　いちばんいい　ものを　一つ　えらんで　ください。

16 この　もんだいの　ただしい　（　　）は　なんですか。

1．しつもん　　2．しかた
3．こたえ　　4．ぎもん

17 そとを　見たいから　（　　）を　あけて　ください。

1．カーテン　　2．ほん　　3．め　　4．て

18 かれなら　もっと　いい　こうこうに　行くことが　できるのに、「ちかいから」という　りゆうで　（　　）の　こうこうを　えらんだ。

1．とおい　　2．しつがい
3．きんじょ　　4．がいこく

19 ホテルの　まどから　（　　）を　ながめる。

1. けしき　　2. へや
3. こうつう　4. かぜ

20 わたしは　目が　わるいので、めがねが　ないと　ほとんど　なにもみえなくて　とても　（　　）です。

1. べんり　　2. うれしい
3. たのしい　4. ふべん

21 しゅうまつの　ゆうえんちは　とくに　（　　）いる。

1. すいて　　2. こんで
3. あいて　　4. つかれて

22 あついから　エアコンの　おんどを　（　　）ください。

1. さげて　　2. あげて
3. つけて　　4. けして

23 （　　）を　おこさないように、ドライバーは　どのような　ことを　ちゅういすれば　いいのでしょうか。

1. うんてん　2. ドライブ
3. どうろ　　4. じこ

24 しっかり　れんしゅうしないと、（　　）に　でられないよ。

1．しあい　　2．ぶかつ
3．がっこう　　4．ニュース

25 わたしの　（　　）は　やきゅうです。しょうがくせいの　ころから、やきゅうばかり　して　きました。

1．きょうみ　　2．しゅみ
3．しごと　　4．れんしゅう

問題4　＿＿の　ぶんと　だいたい　おなじ　いみの　ぶんが　あります。1・2・3・4から　いちばん　いい　ものを　一つ　えらんで　ください。

26 きのうは　おあい　できなくて　ざんねんでした。

1．きのうは　みられなくて　ざんねんでした。
2．きのうは　みえなくて　ざんねんでした。
3．きのうは　あわなくて　ざんねんでした。
4．きのうは　あえなくて　ざんねんでした。

27 できれば　しゅうに　1かいは　そうじして　く

ださい。

1. 1しゅうかんに　1かいしか　そうじしないでください。
2. おおくても　しゅうに　1かい　そうじしてください。
3. ぜったいに　しゅうに　1かい　そうじしないで　ください。
4. すくなくても　1しゅうかんに　1かいは　そうじして　ください。

28 ぶちょうに　田中(たなか)さんを　しょうかいして　もらいました。

1. ぶちょうが　田中さんを　わたしに　しょうかいして　くれました。
2. 田中さんが　ぶちょうを　わたしに　しょうかいして　くれました。
3. わたしが　ぶちょうに　田中(たなか)さんを　しょうかいして　あげました。
4. ぶちょうが　田中さんを　わたしに　しょうかいして　もらいました。

29 かいぎの　じかんが　きまったら、しらせて　ください。

1. かいぎの　じかんが　きまったら　しゅっせきして　ください
2. かいぎの　じかんが　きまったら、おしえてください。
3. かいぎの　じかんが　きまったら　よういして
　ください。
4. かいぎの　じかんが　きまったら　じゅんびし
　て　ください。

30　かれは　30だいです。

1. かれは　30さい　いかです。
2. かれは　40さい　いじょうです。
3. かれは　まだ　30を　すぎて　いません。
4. かれは　30を　すぎて　います。

問題5　つぎの　ことばの　つかいかたで　いちばん　いい　ものを　1・2・3・4から　一つ　えらんで　ください。

31　はじめる

1. しょうらいの　しごと　もう　はじめました。
2. せんせいは　じゅぎょうを　はじめた。
3. しごとが　おわったら、はじめて　ください。
4. かれは　まいにち　8じに　いえを　はじめる。

32　はずかしい

1. ともだちと　いちにち　あそんで　はずかしか

ったです。
2. こんかいの　しゅくだいは　とても　はずかしいです。
3. きょうの　てんきは　とても　はずかしいです。
4. かんたんな　かんじも　かけなくて　とても　はずかしいです。

33 はっきり

1. かれは　まいにち　はっきり　ジョギングしています。
2. かれの　へんな　かおを　みて　はっきり　しました。
3. いいたい　ことが　あったら、はっきり　いって　ください。
4. テストは　はっきりで　やさしかったです。

34 ひりつ

1. わたしは　いつも　ひりつで　しごとを　しています。
2. こんかいの　しあいの　ひりつは　よくないです。
3. さいきん、じょせいうんてんしゅの　ひりつが　たかく　なって　きた。
4. かのじょは　べんごしなので、ひりつに　くわしいです。

35 いいわけ

1. じゅうたいは　ちこくの　いいわけには　なりません。
2. よく　れんしゅうしたから、いいわけが　できました。
3. いいわけで　しごとに　ちこくして　しまった。
4. いいわけが　すきなので、この　かいしゃを　えらんだ。

第7回

問題1 ＿＿のことばは　ひらがなで　どう　かきますか。1・2・3・4から　いちばん　いい　ものを　一つ　えらんで　ください。

1 ぎいんは　政治について　こうえんしました。

1．せち　2．せいじ　3．せいち　4．せじ

2 ゆうしょくの　支度もう　できました。

1．しはらい　2．しかい
3．しつもん　4．したく

3 しごとは　大体　おわりました。

1．だいてい　2．たいぶ
3．だいたい　4．だいがい

4 棚に　ほんや　ざっしが　おいて　あります。

1．たな　2．ゆか　3．かべ　4．へや

5 このへんには　駐車場が　ありません。

1．ていりゅうじょ　2．ちゅうざいしょ
3．ちゅうしゃじょう　4．ていしゃじょ

6 かれは　手袋と　コートを　ぬいで、いすに　すわった。

1．てがかり　　2．てのひら
3．てぶら　　4．てぶくろ

7 寝坊して　かいぎに　おくれて　しまいました。

1．てつや　　2．ねぼう
3．よふかし　　4．ねすごし

8 ななこちゃんの　すきな　番組が　はじまったよ。

1．ばんごう　　2．てれび
3．ばんぐみ　　4．くみあい

9 この　かいしゃの　昼休みは　なんじからですか。

1．ひるやすみ　　2．なつやすみ
3．ふゆやすみ　　4．よるやすみ

問題2　＿＿のことばは　どう　かきますか。1・2・3・4から　いちばん　いい　ものを　一つ　えらんで　ください。

10 この　かばんの　ほかの　いろは　ありますか。

1．形　　2．声　　3．香　　4．色

11 なまえを　よばれたら、へんじを　しなさい。

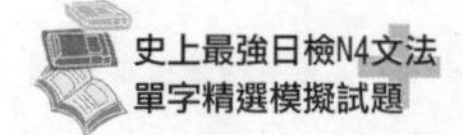

1．返事　　2．反事　　3．返者　　4．反者

12 ゆかたを　きて、いっしょに　おまつりに　行きましょう。

1．お祝り　　2．お怒り
3．お祭り　　4．お祈り

13 この　にもつは　じゅうしょは　まちがって　います。

1．間違って　　2．間合って
3．勘違って　　4．似合って

14 かのじょは　りょうしんに　いろいろ　しんぱいさせた。

1．注意　　2．質問　　3．無視　　4．心配

15 ペンを　かりても　いい？

1．貸り　　2．刈り　　3．借り　　4．送り

問題3　（　　）に　なにを　いれますか。1・2・3・4から　いちばんいい　ものを　一つ　えらんで　ください。

16 エスカレーターに　（　　）。

1. はしります　　2. のります
3. すわります　　4. とまります

17　（　　）がないと　くるまが　うごかない。

1. みず　　2. くうき
3. しごと　　4. ガソリン

18　いしゃは　かのじょの　びょうきを　（　　）。

1. かかった　　2. なおした
3. つけた　　4. とった

19　かのじょは　誕生日(たんじょうび)プレゼントを　もらって（　　）。

1. おこった　　2. たのんだ
3. よろこんだ　　4. つくった

20　A：「すいようびは　（　　）が　わるいです。きんようびの　ほうが　いいです。」
B：「じゃあ、きんようびに　しましょう。」

1. つごう　　2. たいちょう
3. きぶん　　4. てんき

21　その　えを　みて、むかしの　ことを　（　　）。

1. わすれた　　2. はじまった
3. つくった　　4. おもいだした

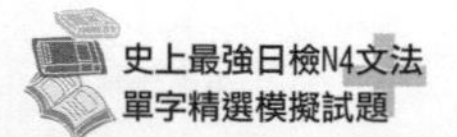

22 この　みせは　たかいけど、会員カードを　みせれば　（　　）して　もらえるよ。

1. わりびき　　2. たかく
3. わりあい　　4. とりわけ

23 レジが　3台(だい)くらい　あっても、1列(れつ)に　ならんで　（　　）に　おまちください。

1. こうばん　　2. ばんごう
3. じゅんばん　　4. いちばん

24 かに　さされた　ところに　くすりを　（　　）。

1. ぬりました　　2. のみました
3. つけました　　4. かきました

25 かのじょは　この　きかいの　つかいかたを　くわしく　（　　）しました。

1. こたえ　　2. そうじ
3. せつめい　　4. こうどう

問題4　＿＿の　ぶんと　だいたい　おなじ　いみの　ぶんが　あります。1・2・3・4から　いちばん　いい　ものを　一つ　えらんで　ください。

26　かのじょは　とても　やさしくて、みんなを　たすけて　くれます。

1. かのじょは　とても　やさしくて、みんなが　たすけて　あげます。
2. かのじょは　とても　やさしくて、みんなに　たすけて　もらいます。
3. かのじょは　とても　やさしくて、みんなが　たすけて　くれます。
4. かのじょは　とても　やさしくて、みんなが　たすけて　もらいます。

27　日本には　いつまで　いらっしゃいますか。

1. 日本には　いつ　かえりますか。
2. 日本には　いつ　いきますか。
3. 日本には　いつまで　いますか。
4. 日本には　いつまで　かえりますか。

28　てんいんは　かれに　あやまりました。

1. てんいんは　かれに　「すみません」と　いいました。

2. てんいんは　かれに　「ありがとう」と　いいました。

3. てんいんは　かれに　「どういたしまして」と　いいました。

4. てんいんは　かれに　「こんにちは」と　いいました。

29 <u>かのじょは　４０さい　いか　かもしれない。</u>

1. かのじょは　もう　４０だい　かもしれません。
2. かのじょは　まだ　３０だい　かもしれません。
3. かのじょは　４０さい　を　すぎたと　おもいます。
4. かのじょは　ちょうど　４０さい　です。

30 <u>なみだが　でるほど　うれしかった。</u>

1. かなしくて　なきそうだ。
2. かなしくて　ないて　しまった。
3. うれしくて　なかない。
4. うれしくて　なきそうだ。

問題５　つぎの　ことばの　つかいかたで　いちばん　いい　ものを　１・２・３・４から　一つ　えらんで　ください。

31 ならう

1. わたしは　えきで　ともだちを　ならっています。
2. かれは　いつも　かいしゃから　ならって　かえります。
3. かのじょは　えを　ならうのが　うまいです。
4. わたしは　かれから　ダンスを　ならって　います。

32 えらぶ

1. かれは　いつも　りょうしんに　えらばれます。
2. ケーキを　かう　ために　みせの　まえに　えらんで　います。
3. デザートは　このなかから　すきな　ものを　ひとつ　えらんで　ください。
4. わたしは　まいにち　にほんごを　えらんで　います。

33 どんどん

1. わたしの　いけんは　あなたとどんどん　ちがう。
2. かぜが　どんどん　つよく　なった。
3. となりの　ひとの　こえが　どんどん　きこえる。
4. かれは　むかしと　どんどん　かわらない。

34 やくそく

1. ちちは　たんじょうびプレゼントに　とけいを　くれると　やくそくして　くれた。
2. やくそくは　もう　せんせいに　だしましたか。
3. ここからの　やくそくは　とても　うつくしいです。
4. 10日に　やくそくを　行います。

35 こしょう

1. かれは　まいにち　こしょうして　います。
2. この　えんぴつは　ほそくて　こしょうしやすいです。
3. かのじょは　かれの　うそを　きいて　こしょうした。
4. デジカメが　こしょうして　いるので、ケイタイで　しゃしんを　とりました。

第8回

問題1 ＿＿のことばは　ひらがなで　どう　かきますか。1・2・3・4から　いちばん　いい　ものを　一つ　えらんで　ください。

1 わたしは　めが　わるいので、細かい　もじが　よめません。

1．ほそかい　　2．あたかい
3．こまかい　　4．やせかい

2 最初に　来たのは　田中（たなか）さん　だった。

1．さいしゅ　　2．さいしょ
3．さいしゅう　　4．さいしょう

3 かのじょは　いま　しごとを　探して　います。

1．さがして　　2．なくして
3．うつして　　4．はなして

4 田中（たなか）くんは　かいしゃに　でんしゃで　通って　います。

1．いって　　2．とおって
3．つくって　　4．かよって

5 わたしは　だいがくで　ぶんがくを　専門に　べんきょうして　います。

1. せんこう　　2. せんもん
3. せんよう　　4. せんぶん

6 田中(たなか)さんは　ゆうめいな　俳優に　にている。

1. はいゆう　　2. じょゆう
3. かいゆう　　4. ひゆう

7 この　みちは　ゆうかたに　なると　渋滞します。

1. ていしゃ　　2. にぎやか
3. じゅうたい　　4. こうつう

8 ここから　その　空港までは　とおいです。

1. くうこ　　2. くうごう
3. くこう　　4. くうこう

9 タクシー　ご利用の　かたは　ここに　おならびください。

1. ごりよう　　2. ごしよう
3. ごきよう　　4. ごたよう

問題2　____のことばは　どう　かきますか。1・2・3・4から　いちばん　いい　ものを　一つえらんで　ください。

10 きのう　レストランに　電話して、せきの　よやくを　とりました。

1．場所　　2．椅子　　3．座席　　4．席

11 こどもと　ちちおやが　ひろばで　あそんで　います。

1．広場　　2．拾場　　3．広揚　　4．虫場

12 かのじょだけでなく、わたしも　おなじ　かばんを　もって　いる。

1．共じ　　2．異じ　　3．同じ　　4．感じ

13 かいしゃへ　いく　とちゅうで　かれに　あった。

1．合った　　2．買った
3．撮った　　4．会った

14 いもうとは　ははの　かじを　てつだいます。

1．火事　　2．用事　　3．家事　　4．仕事

15 しあいに　まけて　くやしいです。

1．悲しい　　2．懐かしい
3．新しい　　4．悔しい

問題3　（　　）に　なにを　いれますか。1・2・3・4から　いちばんいい　ものを　一つ　えらんで　ください。

16　かいたいものを　もって、（　　）の　まえに　ならんで　まって　います。

1．レジ　　2．レシート
3．セール　　4．クーポン

17　しつもんが　あれば、（　　）なく　れんらくして　ください。

1．もんだい　　2．しんぱい
3．えんりょ　　4．いみ

18　なかに　はいる　ばあいは　くつを　（　　）おはいり　ください。

1．きて　　2．ぬいで
3．つけて　　4．とって

19　かべに　とけいが　（　　）　あります。

1．かけて　　2．かかって
3．はしって　　4．つけて

20 この　タワーの　（　　）は　どのぐらいですか。

1. からさ　2. ふかさ
3. おもさ　4. たかさ

21 かのじょは　ゆうしゅうな　べんごしだから、（　　）して　おまかせ　することが　できます。

1. ほうしん　2. かんしん
3. あんぜん　4. あんしん

22 ぜんかい　とは　ちがい、（　　）こそ　せいこうして　みせます。

1. きのう　2. こんど　3. いつ　4. また

23 田中(たなか)先生は　（　　）そうに　みえるが、じっさいは　とても　せんせつです。

1. さびし　2. やさし
3. きびし　4. きれい

24 この　きかいは　ふるいので、（　　）　こしょう　します。

1. よく　2. なかなか
3. しょうしょう　4. そんなに

25　（　　）と　ハンバーガーと　ステーキの　中で　どれが　いちばん　たべたいですか。

1．チラシ　　2．エレベーター
3．サンドイッチ　　4．パンフレット

問題4　＿＿の　ぶんと　だいたい　おなじ　いみの　ぶんが　あります。1・2・3・4から　いちばん　いい　ものを　一つ　えらんで　ください。

26　かのじょは　しょうせつ　いがいには　なにも　よまない。

1．かのじょは　しょうせつも　よまない。
2．かのじょは　しょうせつしか　よむ。
3．かのじょは　しょうせつ　しか　よめない。
4．かのじょは　しょうせつ　しか　よまない。

27　ちちは　ていねんまで　5年　のこって　います。

1．ちちは　5ねんまえ　ていねんしました。
2．ちちは　5ねんかん　ていねんして　います。
3．ちちは　まだ　ていねんして　いません。
4．ちちは　ていねんしません。

28　なまえを　おしえて　ください。

1. なまえを　べんきょうして　ください。
2. なまえを　しらせて　ください。
3. なまえを　わかって　ください。
4. なまえを　つくって　ください。

29　わたしは　びょういんへ　いって　きました。

1. わたしは　かみを　きって　もらいました。
2. わたしは　びょうきを　なおして　もらいました。
3. わたしは　ふくを　あらって　もらいました。
4. わたしは　にもつを　おくって　もらいました。

30　どうぞ　おかけに　なって　ください。

1. どうぞ　たべて　ください。
2. どうぞ　すわって　ください。
3. どうぞ　みて　ください。
4. どうぞ　つかって　ください。

問題5　つぎの　ことばの　つかいかたで　いちばん　いい　ものを　1・2・3・4から　一つ　えらんで　ください。

31　しかた

1. さいきん　かれの　しかたは　すこし　おかし

い。

2. わたしは　かれの　なまえの　はつおんの　しかたが　わからない。

3. せんせいは　かれの　しかたを　きいて　おこった。

4. しかたが　あるので、おさきに　しつれいします。

32 わけ

1. わけが　かがみに　うつって　います。
2. この　ふくは　あなたのと　わけが　おなじだ。
3. わたしの　わけに　しゅっせきして　ください。
4. かいぎが　ちゅうしに　なった　わけは　なんですか。

33 れきし

1. かのじょは　うんどうが　とくいだから、れきしの　せいせきは　たかい。
2. この　はっけんは　れきしに　のこるだろう。
3. ここからの　れきしは　とても　きれいです。
4. この　れきしは　にほんで　かったのです。

34 きず

1. スキーの　きずが　やって　きた。
2. きずを　ちゃんと　まもって　ください。
3. きょうは　きずが　わるいので、やすませて　いただけますか。
4. しょうひんを　きずを　つけないように　とって　ください。

35 たいふう

1. ことしの　やきゅうたいかいは　たいふうの　ため　ちゅうしに　なった。
2. かれは　アメリカで　たいふうを　うけた。
3. ここは　たいふうが　すずしくて　きもちいいです。
4. にわに　たいふうを　うえる。

第9回

問題1　＿＿のことばは　ひらがなで　どう　かきますか。1・2・3・4から　いちばん　いい　ものを　一つ　えらんで　ください。

1　かれは　ふたつの　かいしゃから　給料を　もらって　います。

1．きゅりょう　　2．きゅうりょ
3．きゅうりょう　　4．きゅりょ

2　こんやは　友だちの　いえに　泊まります。

1．はまります　　2．とまります
3．かまります　　4．すまります

3　かのじょは　そうぞうりょくが　豊かな　ひと　です。

1．おろかな　　2．ほうかな
3．とみかな　　4．ゆたかな

4　おかねを　安全な　ところに　しまって　おいてください。

1．あんしん　　2．あんい
3．あんぜん　　4．あんらく

5 「あした　あおう」と　いって、かのじょと　別れた。

1. わかれた　2. つかれた
3. たわれた　4. おわれた

6 この　くすりは　頭痛に　ききます。

1. つつ　2. ずつ　3. つず　4. ずつう

7 いつ　だいがくを　卒業しましたか。

1. そうぎょう　2. そつぎょう
3. かいぎょう　4. へいぎょう

8 この　みちは　くるまが　たくさん　通ります。

1. たよります　2. はしります
3. かよります　4. とおります

9 きのうは　温泉に　はいって　リラックス　できました。

1. おんせん　2. こうえん
3. みずうみ　4. おゆ

問題2 ＿＿のことばは　どう　かきますか。1・2・3・4から　いちばん　いい　ものを　一つ　えらんで　ください。

10 この　くすりの　せいぶんは　なんですか。

1. 全部　　2. 原料　　3. 成分　　4. 材料

11 かれは　むかしの　ことを　よく　しっている。

1. 前　　2. 昔　　3. 朝　　4. 古

12 わたしたちは　その　しらせに　おどろいた

1. 駕いた　　2. 警いた
3. 趨いた　　4. 驚いた

13 かのじょは　きょねんより　2キロ　ふえた。

1. 増えた　　2. 痩えた
3. 長えた　　4. 低えた

14 せんげつに　1日だけ　にゅういんして　けんさを　うけました。

1. 検察　　2. 刑査　　3. 検査　　4. 験査

15 かれは　いま　おおさかに　しゅっちょうしています。

1. 出席　　2. 出張　　3. 出発　　4. 出世

問題3　（　　）に　なにを　いれますか。1・2・3・4から　いちばんいい　ものを　一つ　えらんで　ください。

16　よかったら、ケーキを　もっと　（　　）　ください。

1. まいって　　2. めしあがって
3. いただいて　　4. いらっしゃって

17　（　　）を　まちがえて　ひこうきに　のれなかった。

1. ひにち　　2. ひと　　3. いみ　　4. かぞく

18　この　バイトの　（　　）は　1000えんです。

1. しごと　　2. りれきしょ
3. しかく　　4. じきゅう

19　（　　）に　かかって　しまって、かいしゃへいけなかった。

1. じかん　　2. おかね
3. インフルエンザ　　4. でんしゃ

20 きょうは　さむいので、（　　）を　きて　でかけます。

1．セーター　　2．めがね
3．だんぼう　　4．てぶくろ

21 （　　）の　ために　まいにち　うんどうしています。

1．せいめい　　2．いのち
3．けんこう　　4．いしゃ

22 わたしの　（　　）は　かのじょより　たかいです。

1．しんちょう　　2．たいじゅう
3．かみがた　　4．ようふく

23 わたしは　かのじょの　しんせつに　たいして（　　）を　いわなければ　なりません。

1．おわび　　2．おげんき
3．おれい　　4．おはなし

24 この　（　　）を　みせると　かいものが　1わりびきに　なります。

1．ニュース　　2．せいせき
3．コース　　4．クーポン

25 でんしゃに　（　　）を　して　しまって、しゅうてんまで　とりに　いきました。

1. わすれもの　　2. のりもの
3. たべもの　　4. かいもの

問題4　＿＿の　ぶんと　だいたい　おなじ　いみの　ぶんが　あります。1・2・3・4から　いちばん　いい　ものを　一つ　えらんで　ください。

26 ここは　ちゅうしゃじょうです。

1. ここは　ばすに　のったり　おりたり　する　ところです。
2. ここは　ちしきを　まなぶ　ところです。
3. ここは　くるまを　とめる　ところです。
4. ここは　ひこうきに　のる　ところです。

27 えきまで　おおくり　しましょう。

1. えきまで　おくって　ください。
2. えきまで　おくらせて　いただきます。
3. えきまで　おくらせて　いたします。
4. えきまで　おくって　いらっしゃいます。

28 しゅくだいを　だすのが　おくれて　しまった。

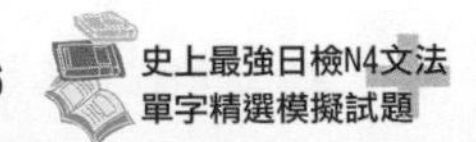

1. しゅくだいの　きげんを　わすれて　しまった。
2. しゅくだいの　きげんを　ぎりぎりまで　まもった。
3. しゅくだいの　きげんを　ちゃんと　まもった。
4. しゅくだいの　きげんが　まもれなかった。

29 あした　7じに　おこして　ください。

1. 7じに　おきたいです。
2. 7じに　ねたいです。
3. 7まで　めが　さめたいです。
4. 7まで　おきたいです。

30 あのこは　よく　せんせいに　おこられる。

1. あのこは　よく　せんせいを　しかる。
2. あのこは　よく　せんせいに　しかる。
3. あのこは　よく　せんせいに　しかられる。
4. あのこは　よく　せんせいを　しかられる。

問題5　つぎの　ことばの　つかいかたで　いちばん　いい　ものを　1・2・3・4から　一つ　えらんで　ください。

31 かざる

1. さむいから、マフラーを　かざって　でかけます。
2. きょうは　あついから、エアコンを　かざって　ください。
3. わたしは　あの　ポスターを　リビングに　かざって　います。
4. ステーキは　しおを　かざって　たべて　ください。

32 かならず

1. サインする　まえに　かならず　きんがくを　かくにんして　ください。
2. かならずの　あつさに　みんな　みずばかり　のんで　いた。
3. けさ　わたしは　かならず　かれに　あった。
4. かのじょは　りょうりが　きらいだから、かならずしか　つくらない。

33 おかねもち

1. わたしは　おかねもちが　よくて、ちゅうがくせいの　せいふく　まだ　もって　いる。
2. その　みせの　おかねもちは　とても　しんせつです。
3. ふゆになると　おかねもちを　たべたくなる。
4. かれは　ビルを　かえる　ぐらい　おかねもち

です。

34 あらう

1. あさ　おきたら　まず　はを　あらう。
2. ごはんを　たべる　まえに、てを　あらって　ね。
3. しゃしんを　パソコンに　あらって　ください。
4. かれは　かびんを　ゆかに　あらって　しまった。

35 かゆい

1. わたしは　まいにち　かゆくしごとを　しています。
2. かに　さされて　かゆくて　めが　さめました。
3. テストは　おもったより　かゆかったです。
4. この　ドリンクは　からだに　かゆいです。

第10回

問題1　___のことばは　ひらがなで　どう　かきますか。1・2・3・4から　いちばん　いい　ものを　一つ　えらんで　ください。

1　ここで　並んで　おまち　ください。

1．のんで　　2．つかんで
3．よんで　　4．ならんで

2　やくそくを　守ってくれないと　こまります。

1．おもって　　2．まもって
3．つくって　　4．あたって

3　注文した　りょうりが　まだ　きて　いないんですが。

1．かんじょう　　2．かいけい
3．ちゅうもん　　4．ちゅうい

4　インターネットの　もうしこみに　必要な　ものは　なんですか。

1．ひつよう　　2．ぶよう
3．ひつぜん　　4．じゅうよう

5 わたしの　代わりに　しゅっせきして　くれませんか。

1．いわり　　2．たわり
3．かわり　　4．さわり

6 あなたの　いうことは　この　じけんとは　関係が　ない。

1．かんしん　　2．かんけい
3．かんよ　　4．りけい

7 わたしたちは　きのう　やきゅうの　試合に　かった。

1．じあい　　2．しけん
3．しりょう　　4．しあい

8 かれは　ちいさい　島に　すんで　います。

1．しま　　2．とり　　3．くに　　4．やま

9 かのじょの　しゅみは　小説を　よむ　ことです。

1．しようせつ　　2．しょうせ
3．しょうせつ　　4．しようせ

問題2　＿＿のことばは　どう　かきますか。1・2・3・4から　いちばん　いい　ものを　一つ　えらんで　ください。

10 くうこうから　ホテルまで　シャトルバスを　りようできますか。

1．搭乗　　2．利用　　3．乗客　　4．運転

11 山田さんを　ごしょうかいします。

1．ご紹介　　2．ご案内
3．ご親切　　4．ご住所

12 かれは　ハワイりょこうに　しゅっぱつしました。

1．出張　　2．出席　　3．出世　　4．出発

13 これは　ほんとうに　ひつような　おかねなのか　じゅうぶんに　かんがえて　みて　ください。

1．重要に　　2．随分に
3．十分に　　4．非常に

14 東京マラソンの　もうしこみうけつけは　あしたまでです。

1．受付　　2．書類　　3．証明　　4．期間

15 かれは　えいごを　ねっしんに　べんきょうしています。

1．真面目　　2．興味　　3．真剣　　4．熱心

問題3　（　　）に　なにを　いれますか。1・2・3・4から　いちばんいい　ものを　一つ　えらんで　ください。

16　つぎの　バス（　　）に　おりて　ください。

1．ていりゅうじょ　　2．ちゅうしゃじょう
3．としょかん　　4．ゆうびんきょく

17　（　　）は　なにに　しますか。アイスクリームですか、チーズケーキですか。

1．レポート　　2．リゾート
3．デザート　　4．ポテト

18　じゅんびちゅうなので、（　　）　おまちください。

1．たくさん　　2．しばらく
3．いつも　　4．これから

19　（　　）が　かわいてきた。なにか　つめたい　のみものを　ください。

1．あたま　　2．おなか　　3．はな　　4．のど

20 おいそぎでしたら、東京(とうきょう)えきで　山手線(やまのてせん)から　しんかんせんに　（　　）　ください。

1. のりかえて　　2. はしって
3. あるいて　　4. すわって

21 わたしは　かのじょの　にもつを　2かいまで　（　　）。

1. うごきました　　2. かたづけました
3. はこびました　　4. たのみました

22 中国語(ちゅうごくご)の　（　　）が　日本人(にほんじん)に　とって　むずかしいです。

1. せんせい　　2. はつおん
3. きょうかしょ　　4. ともだち

23 きょうは　わたしが　（　　）します。すきなりょうりを　ちゅうもんして　ください。

1. ごちゅうもん　　2. ごちそう
3. ごあんない　　4. ごしょうかい

24 パスポートの　しゃしんを　とるために　（　　）を　そりました。

1. ひげ　　2. め　　3. はな　　4. ふく

25 きょうは　かぜが　（　　）　さむかったです。

1．おおきくて　　2．ひろくて
3．ふかくて　　4．つよくて

問題4　＿＿の　ぶんと　だいたい　おなじ　いみの　ぶんが　あります。1・2・3・4から　いちばん　いい　ものを　一つ　えらんで　ください。

26　このごろ　ずいぶん　ふとりました。

1．さいきん　たいじゅうが　たくさん　へりました。
2．さいきん　わたしは　たくさん　やせました。
3．さいきん　たいじゅうが　たくさん　ふえました。
4．さいきん　わたしは　たくさん　のびました。

27　かのじょは　ぶんがくに　きょうみが　あります。

1．かのじょは　ぶんがくの　しごとを　して　います。
2．かのじょは　ぶんがくが　きらいです。
3．かのじょは　ぶんがくを　おしえて　います。
4．かのじょは　ぶんがくが　すきです。

28　あの　せんせいは　ちょっと　かわって　いる。

1. あの　せんせいは　とても　しんせつです。
2. あの　せんせいは　ほかの　せんせいと　ちがう。
3. あの　せんせいは　ちょっと　うるさいです。
4. あの　せんせいは　かわりました。

２９　ほとんどの　ひとが　それを　しんじなかった。

1. それを　しんじる　ひとが　おおいです。
2. みんなは　それを　しんじるしかない。
3. それを　しんじる　ひとが　すくないです。
4. みんなは　それを　しんじて　います。

３０　わたしは　台湾（たいわん）から　まいりました。

1. わたしは　たいわんから　きました。
2. わたしは　たいわんへ　いきました。
3. わたしは　たいわんへ　かえりました。
4. わたしは　たいわんから　もどりました。

問題５　つぎの　ことばの　つかいかたで　いちばん　いい　ものを　１・２・３・４から　一つ　えらんで　ください。

３１　みつける

1. かれは　やっと　すきな　しごとを　みつけた。

2. きのうは　いえで　DVDを　みつけていた。
3. わからないことが　あったら、せんせいに　みつけて　ください。
4. かのじょは　かれの　かおを　みつけて　いる。

32 むかう

1. ぎんこうに　むかうは　ゆうびんきょくです。
2. かれは　いしゃに　むかいます。
3. これを　むかったら　わりびきが　もらえます。
4. かれは　つくえに　むかって　しゅくだいを　やって　いる。

33 きめる

1. この　じゅうしょを　きめたのは　だれですか。
2. かのじょは　アメリカに　いく　ことに　きめた。
3. かのじょは　いま　えを　きめて　います。
4. うるさいから、しずかに　きめなさい。

34 きょういく

1. かれは　かんこくで　こうこうの　きょういくを　うけた。
2. わたしは　きょういくしながら、はたらいています。

3. しょうらいは　せんせいに　なって　きょういくしたいです。

4. この　まちの　きょういくは　とても　きれいです。

35 きょうそう

1. しゃかいの　きょうそうは　とても　はやい。

2. この　かいしゃの　きょうそうは　とても　たかい。

3. こんかいの　せんきょの　きょうそうは　はげしかった。

4. あの　かいしゃの　つくった　きょうそうは　とても　いいです。

第11回

問題1　____のことばは　ひらがなで　どう　かきますか。1・2・3・4から　いちばん　いい　ものを　一つ　えらんで　ください。

1　にちようびに　美容院に　行きたいです。

1．びよういん　　2．びようしつ
3．びょういん　　4．びょうしつ

2　わたしは　明後日に　しゅっちょうします。

1．おととい　　2．きのう
3．あした　　4．あさって

3　にわに　植物を　うえました。

1．しゅくぶつ　　2．しょくぶつ
3．しゅくもの　　4．しょくもの

4　今日　ちこくの　原因を　おしえて　ください。

1．げんいん　　2．けんいん
3．えんいん　　4．よういん

5　ちちは　だいがくの　教授です。

1．きょじゅう　　2．きょうじゅう

3．きょうじゅ　　4．きょじゅ

6 こどもの　教育は　むずかしいです。

1．きょういく　　2．きょうい
3．きょいく　　4．きょうゆう

7 わたしは　台北（たいぺい）を　案内しました。

1．しょうかい　　2．しょうたい
3．あんしょう　　4．あんない

8 しあいの　まえに　いっぱい　練習しました。

1．ふくしゅう　　2．よしゅう
3．へんしゅう　　4．れんしゅう

9 その　小説は　どうですか。

1．しょうせつ　　2．こぜつ
3．しょせつ　　4．しょうぜつ

問題2　＿＿のことばは　どう　かきますか。1・2・3・4から　いちばん　いい　ものを　一つ　えらんで　ください。

10 さむいから、あつい　くつしたを　はいてきました。

1．鞭下　　2．鞄下　　3．靴下　　4．鞍下

11 写真の　うらに　なまえを　書いて　ください。

1．裏　2．奥　3．隅　4．底

12 かぜで　せきが　とまらない。

1．垓　2．孩　3．該　4．咳

13 せいふくを　きて　しゅっきんします。

1．制複　2．製服　3．制服　4．整復

14 レストランの　まえに　ぎんこうが　あります。

1．食堂　2．銀行　3．学校　4．本屋

15 きのうの　えいがに　かんどうしました。

1．感触　2．感覚　3．感心　4．感動

問題3　（　）に　なにを　いれますか。1・2・3・4から　いちばんいい　ものを　一つ　えらんで　ください。

16 きのう　やきゅうしあいを　みる　ために　おそくまで　（　）。

1．そうじしました　2．うんどうしました
3．おきていました　4．しつもんしました

17 さむいから　（　　）を　つけて　ください。

1．でんき　　2．テレビ
3．れいぼう　　4．だんぼう

18 もう　おそいから、　そろそろ　（　　）します。

1．まいり　　2．しょうかい
3．しつれい　　4．あいさつ

19 きのうの　えいがは　（　　）、もういちど　みたいです。

1．すばらしくて　　2．つまらなくて
3．おいしくて　　4．しらなくて

20 かぜを　（　　）しまいました。

1．きいて　　2．ひいて
3．かいて　　4．さいて

21 テストの　てんすうが　よくて　せんせいに（　　）。

1．ほめられました　　2．しかられました
3．おしえられました　　4．いわれました

22 もう（　　）だと　おもいますが、かれは　こん

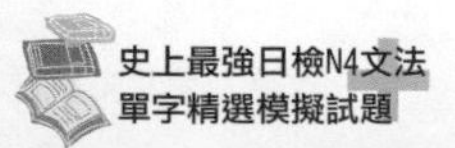

しゅう　かいしゃをやめます。

1. ごちそう　　2. ごぞんじ
3. おつかれ　　4. はいけん

23　（　　）が　いたくて、かたいものは　たべられません。

1. まゆげ　2. かみ　3. あし　4. は

24　やきゅうの　しあいに　いきたいですが、（　　）は　どこで　かえますか。

1. アンケート　　2. チケット
3. パンフレット　　4. アルバイト

25　A：「彼は　来るだろうか。」
B：「いそがしいと　いってたから、（　　）来ないかも。」

1. だんだん　　2. だいだい
3. たぶん　　4. いつも

問題4　＿＿の　ぶんと　だいたい　おなじ　いみの　ぶんが　あります。1・2・3・4から　いちばん　いい　ものを　一つ　えらんで　ください。

26 ちょうど　おふろに　はいろうと　おもって　いた　ところです。

1. おふろに　はいった　はずです。
2. ちょうど　おふろに　はいった　ところです。
3. これから　おふろに　はいる　ところです。
4. ちょうど　おふろに　はいった　ところです。

27 きのうは　いつ　えいがに　行きましたか。

1. きのうは　どんなところに　行きましたか。
2. きのうは　だれと　行きましたか。
3. きのうは　どんなじかんに　行きましたか。
4. きのうは　なにを　しに　行きましたか。

28 かみが　ぬれたまま　ねて　しまいました。

1. かみを　かわかして　ねました。
2. かみを　かわかさないで　ねました。
3. かみを　あらって　ねられませんでした。
4. かみを　あらわないで　ねました。

29 あの　せんせいの　じゅぎょうは　すごく　わかりやすいです。

1. あの　せんせいの　じゅぎょうは　すぐ　りかいできます。
2. あの　せんせいの　じゅぎょうは　むずかしいです。
3. あの　せんせいの　じゅぎょうは　わかりにく

いです。

4. あの　せんせいの　じゅぎょうは　てきとうです。

30 金曜日(きんようび)は　つごうがわるいので、土曜日(どようび)に　行って　いいですか。

1. 金曜日は　行きますが、土曜日は　行けません。
2. 金曜日も　土曜日も　行けません。
3. 金曜日も　土曜日も　行きます。
4. 金曜日は　行けませんが、土曜日は　行きます。

問題5　つぎの　ことばの　つかいかたで　いちばん　いい　ものを　1・2・3・4から　一つ　えらんで　ください。

31 めいわく

1. となりの　ひとが　うるさくて、めいわくしています。
2. ひとに　めいわくを　かけては　いけない。
3. めいわくを　かけて　くれて　ありがとうございます。
4. だんなさんに　こどもの　めいわくを　みて　もらいました。

32 しっかり

1. さむい　から　まどを　しっかり　あけて　ください。
2. しっぱいして　しっかり　しました。
3. あしたは　さいごの　しあいですから、しっかり　じゅんびしたいです。
4. あさから　なにも　たべて　いない　ので、おなかが　しっかり　です。

33 おどる

1. こどもたちは　そのきょくに　あわせて　おどりました。
2. かのじょは　いつも　おどって　かえります。
3. おからだを　おどって　ください。
4. みんなは　おどってから　しごとに　いきます。

34 かなしい

1. かぜで　あたまが　かなしいです。
2. しんゆうが　きこくするのが　かなしいです。
3. てんきが　あつくて　かなしいです。
4. テストが　終わって　かなしくて　ほっと　しました。

35 こわれる

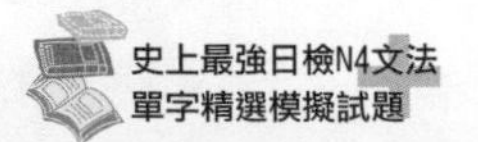

1. あなたの　せい　では　ありませんから。じぶんを　こわれて　ください。
2. わたしの　くるまは　じこで　こわれた。
3. かれは　いつも　やくそくを　こわれる。
4. この　まどは　だれに　こわれたの。

史上最強
日檢N4
文法+單字
精選模擬試題

文法模擬 N4 試題解答

史上最強日檢N4

文法+單字精選模擬試題

N4 第1回

問題1

1 3　2 2　3 4　4 1　5 4
6 2　7 3　8 1　9 4　10 3
11 2　12 4　13 3　14 2
15 1

説明

1 ～も～も　也～也～
2 ［名詞］＋で作る　表示原料
3 ［名詞］に似る　像
4 主詞は＋對方から＋物品をもらう　得到
5 までに　表示期限
までには　表示在期限前會完成
6 だけ　只有
7 どういう　什麼樣的
8 やっと　終於
9 けれど　但是
10 ［動－た形］＋あと　～之後
11 大事にする　珍惜
12 ［動－て形］＋ありがとう　感謝對方（［動－て形］為對方的動作）

13 ［い形ー〇］＋すぎる　太～

14 主詞は＋對方に＋［動ーて形］＋もらう　受到幫忙

15 ［動ーた形］＋まま　維持～狀態

問題2

16 1　17 4　18 3　19 2

20 4

説明

16 次の特急に乗れば間に合うかもしれないから特急で行こう。

17 すみません。ちょうど今食べたところなんです。

18 明日会長が来ますから、そんな服ではいけませんよ。

19 今日は風が強いし雨が降りそうだから出かけたくない。

20 両親に反対されてもあの人と結婚する。

問題3

21 2　22 3　23 1　24 4

25 2

第2回

問題1

1 4　2 1　3 3　4 2　5 3
6 2　7 1　8 4　9 2　10 3
11 4　12 2　13 2　14 3
15 2

説明

1 ～たら　假設
2 始まる　開始
3 ～まで　到～
4 ～ほどではない　不如～的程度
5 はず　應該、理當
6 までに　表示期限
7 [動－ます形]＋だす　開始～
8 [動－ない形]＋ずに　不～，等同於「～ないで」、せず＝しないで
9 ずっと会いたかった　一直很想見面
10 ～させてください　請讓我～
11 ご（お）動名詞＋します　表謙讓
ご連絡：聯絡
12 [動－て形]も＋いいですか　可以～嗎；表示

請求

13 ［動ーて形］いるところ　　正在～

14 どうだった？　　覺得如何

15 召し上がる　　食べる的尊敬語

問題2

16 1　17 4　18 3　19 1

20 4

説明

16 残念ですが、課長はたった今外出したばかりです。

17 昨日花火大会に行きました。私はあまり行きたくなかったんですが、妹が行きたいと言ったので、行ったんです。

18 この本は難しすぎて、読めば読むほど眠くなります。

19 この机を使っても構わないでしょうか。

20 彼と飲むと、いつも面倒なことになるので、一緒に飲みたくない。

問題3

21 4　22 1　23 3　24 2

25 2

N4 第3回

問題1

1 2　2 3　3 4　4 3　5 2
6 1　7 2　8 2　9 3　10 1
11 2　12 1　13 1　14 4
15 2

説明

1 ～まで　到～的時候
2 あまり＋否定　不太～
3 よろしくお願いします　請多指教
4 ［動－ます形］＋ながら　一邊～一邊～
5 ［動－辭書形］＋ことがある　有時會有時不會
6 ［動－て形］＋から　～之後；表示動作的先後
7 主詞は＋對方から＋物品をもらう　得到
8 ～から　因為
9 時間＋に、地點＋で
10 ～ことになる　決定～
11 ［動－普通形］＋ようになる　變得會～；會～
12 ［動－ます形］＋だす　開始～
13 ［動－て形］＋くれる　對方為（我）做了～
14 ［動－て形］＋ください　請～；表示請求

15 から　　從

からは　　表示主語；從～

問題2

16 1　17 1　18 1　19 3

20 1

説明

16 わたしたちは先生にギターを教えてもらいました。

17 いいえ、一度も温泉に入ったことがありません。

18 あなたの家から会社までどれくらい時間がかかりますか。

19 この仕事はプロじゃなくてもできます。

20 ひらがなよりカタカナのほうが少し覚えやすいと思います。

問題3

21 1　22 4　23 2　24 3

25 3

第4回

問題1

1 4　2 1　3 3　4 2　5 3

6 2　7 4　8 3　9 2　10 2

11 1　12 1　13 3　14 4

15 4

説明

1 どこで　在哪裡；「で」表示動作的地點

2 で　表示動作的地點

3 ［動ーて形］＋から　～之後；表示動作的先後

4 主詞は＋對象に＋物品をくれる　給予（上對下）

5 常體＋かどうか　不確定

6 ［動ーます形］＋はじめる　開始～

7 主詞が＋對象に＋［動ーて形］＋あげる　給予幫助（動作）

8 ［動ーた形］＋まま　維持～狀態

9 ［動ーた形］らどうですか　表示建議

10 でも　也

11 ［動ーて形］＋おく　預先完成

12 ［動ーて形］も＋いいですか　可以～嗎；表示請求

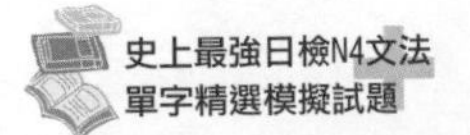

13　ご存じ　　「知る」的尊敬語

14　［動－ます形］＋つづける　　持續～

15　對方に＋［動－て形］＋もらう　　接受對方的動作

問題2

16 1　　17 4　　18 1　　19 4

20 3

説明

16　隣のクラスに友美というかわいい女の子がいます。

17　来年、大阪へ引っ越すことになりました。

18　わからない、電話で来るかどうか聞いてみよう。

19　駅まで走っても間に合わないよ。

20　雨でも明日の試合は行われます。

問題3

21 2　　22 1　　23 4　　24 3

25 1

第5回

問題1

1 1　2 4　3 3　4 1　5 2

6 1　7 2　8 3　9 4　10 1

11 2　12 2　13 1　14 4

15 2

説明

1 ［動ーた形］＋ことがある　曾經～過；表示經驗

2 ～という　叫做～的

3 ［動ーます形］＋方（かた）　～的方法

4 ［動ーて形］＋おく　預先完成

5 ［動ーて形］＋みる　嘗試～

6 ［動ーます形］＋にくい　難以～

7 ［動ーて形］も＋いいですか　可以～嗎；表示請求

8 ［動ーて形］＋ある　是表示物體狀態

9 のに　表示逆接

10 ［動ーて形］＋いる　表示狀態；集まる是自動詞

11 ［動ーて形］＋いる　表示狀態；落ちる是自動詞

12 くださる　　くれる的尊敬語

13 ［動ーば］　　如果～的話

14 ～とか～とか　　舉例

15 ～し　　既～又～

問題2

16 3　**17** 1　**18** 4　**19** 2

20 4

説明

16 スーパーでほうれん草を探してみましたが、ありませんでした。

17 課長は台湾料理を召し上がったことがありますか。

18 冷蔵庫を開けるとケーキがあった。

19 １００万をもらったら何かしたいですか。

20 病気のときは学校を休んだほうがいいでしょう。

問題3

21 2　**22** 1　**23** 3　**24** 4

25 1

第6回

問題1

1 3　2 4　3 2　4 1　5 4
6 3　7 1　8 2　9 4　10 3
11 2　12 4　13 2　14 1
15 3

説明

1 ［動－ます形］＋だす　開始～
2 普通形＋はず　應該
3 ［動－普通形］＋ように　變得會～；表示目標
4 普通形＋かもしれない　可能
5 普通形＋はずがない　不可能
6 ［動－辭書形］＋そうだ　看起來～
7 疑問詞＋か　不特定
どこか　不特定的某處
8 いつでも　隨時
9 ［動－普通形］＋ようにする　表示意志
10 ［動－ます形］＋やすい　容易～；便於～
11 ［動－辭書形］＋ことができる　表示可能
12 あるん＝ある＋の　表示説明
13 ［動－ない形］＋なければなりません　一定要

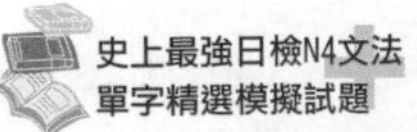

做某件事情，帶有義務、強制、禁止的意味

14 ［動ーない形］＋なくてもいい　不～也可以

15 普通形＋の？　依據看到的情況表示疑問

問題2

16 4　17 2　18 1　19 4

20 2

説明

16 足が痛いのに１時間も歩きました。

17 このかばん、きれいで軽いから安ければ買いたいね。

18 お弁当はテーブルの上においてあります。

19 彼女は歌が上手で、まるで歌手のようです。

20 今年の花火大会は、とてもにぎやかだそうだよ。

問題3

21 1　22 4　23 2　24 4

25 1

第7回

問題1

1 2　2 1　3 3　4 4　5 2
6 3　7 1　8 2　9 2　10 3
11 2　12 1　13 4　14 4
15 1

説明

1 ［動－て形］＋おく　　預先完成

2 なんでも　　什麼都～

3 ［動－ます形］＋に行く　　表示目的

4 普通形＋そうだ　　傳聞

5 て形　　表示原因

6 ［動－て形］＋しまう　　表示不小心做了某件不該做的事

7 ［動－ない形］＋ずに　　不～，等同於「～ないで」、せず＝しないで

8 を＋通（とお）る　　通行、通過

9 申します　　言う的謙讓語

10 ［動－て形］＋ある　　表示狀態

11 なくてもいいですか　　徵求同意

12 普通形＋そうだ　　傳聞

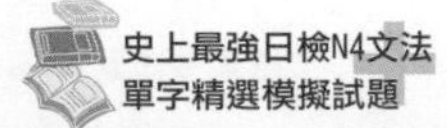

13 普通形＋つもり　打算

14 ～でも　舉例

15 ことにする　決定

問題2

16 4　17 2　18 1　19 3

20 4

説明

16 ニュースを見ながら、朝ごはんを食べました。

17 会社に戻るまえに、部長に電話しました。

18 地震が起きた時、ドアを開けるのを忘れないで下さい。

19 ジュースとミルクティーと、どちらが好きですか。

20 家族のために、朝から晩まで働いています。

問題3

21 4　22 2　23 3　24 1

25 4

第8回

問題1

1 2　2 4　3 1　4 4　5 1

6 2　7 3　8 3　9 2　10 4

11 1　12 2　13 4　14 3

15 2

説明

1 ［動－ます形］＋に行く　表示目的

2 ために　為了～

3 ～より　比～

4 普通形＋だろうと思う　或許；表示推測

5 行こう　意向形

6 ～と言っていた　說過～

7 ［い形－く］＋なる　變得

8 ～に起こされる　被～叫醒

9 意向形とする　想要～

10 ので　表示原因

11 ［な形－○］になる　變得～

12 ［い形－く］＋する　使變得～

13 ［動－辞書形］＋ところ　正要～

14 行（おこな）われる　行（おこな）う的被動形

15 ［動ーます形］＋なさい　快去～；命令的口氣

問題2

16 1　17 2　18 1　19 2
20 3

説明

16 金曜日までに宿題を出してください。
17 隣の部屋から音楽が聞こえる。
18 退院したばかりだから、無理をしないように言われた。
19 明日、用事がありますから休ませてください。
20 田中くんのお父さんが入院したらしいよ、大丈夫かな。

問題3

21 1　22 2　23 4　24 3
25 2

N4 第9回

問題1

1 3　2 2　3 4　4 1　5 3

6 4　7 2　8 1　9 3　10 2

11 2　12 4　13 4　14 2

15 4

説明

1 頼まれる　頼む的被動形

2 ［動－て形］＋おく　預先完成

3 普通形＋ように言われた　被要求

4 ［動－ます形］＋なさい　快去～；命令的口氣

5 までに　表示期限

6 建てられる　建てる的被動形

7 ～が見える　能看見；可能形的助詞用「が」

8 ［な形－〇］＋らしい　好像；推測

9 ほしがる　想要；用於主語是説話者本人以外時

10 ［動－た形］＋ところ　才剛～

11 召し上がる　食べる的尊敬語

12 ［動－辞書形］＋な　表示禁止

13 聞いといて＝聞いておいて

14 頑張れ　頑張る的命令形

15 ［動－ます形］＋すぎる　太過～

問題2

16 3　17 4　18 1　19 3

20 2

説明

16 みんなの前で課長に叱られて恥ずかしかった。

17 名古屋の家賃は東京ほど高くないです。

18 この教室の広さはどのくらいですか。

19 遊んでばかりいないで、勉強しなさい。

20 来年は絶対日本に行こうと思ってます。

問題3

21 2　22 3　23 1　24 4

25 2

第10回

問題1

1 2　　2 4　　3 3　　4 1　　5 4

6 3　　7 2　　8 4　　9 3　　10 1

11 3　　12 2　　13 3　　14 1

15 4

說明

1 ～にする　決定～

2 普通形＋つもり　打算　打算；想要

3 いつ　何時

4 ～においがする　有～的味道

5 普通形＋ように　表示目標

6 ［動－辞書形］＋な　表示禁止

7 ～にする　決定；選擇

8 名詞＋らしい　像～；有～的風格

9 ～ほど＋否定形　不如～

10 ［い形－○］＋すぎる　太～

11 意量形＋と思う　想要～；打算～

12 ［動－ます形］＋たがる　想～；用於主語是說話者本人以外時

13 しかない　只有

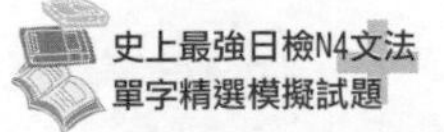

14 そして　而且、然後

15 どうだった　覺得如何

問題2

16 2　17 2　18 1　19 1

20 4

説明

16 この文章は漢字が多すぎて読めない。

17 音楽を聞きながら仕事をしました。

18 図書館で本を借りてから教室へ行きます。

19 海外で運転したことがあります。

20 田中っていう野球選手、知っていますか。

問題3

21 4　22 3　23 1　24 3

25 1

N4

第11回

問題1

1 1　2 2　3 4　4 2　5 1

6 3　7 1　8 2　9 3　10 1

11 4　12 1　13 4　14 2

15 1

説明

1 ［動－て形］も＋いいですか　可以～嗎；表示請求

2 の　表示疑問

3 ［動－て形］はいけない　不能～

4 ［い形－〇］＋すぎる　太～

5 ～ほど＋否定形　不如～

6 ［い形－〇］＋さ　將い形容詞名詞化

7 ～にする　決定

8 落ちる　自動詞

9 それから　接下來

10 でも　但是；表示和前面看法不同的逆接

11 ［動－た形］＋まま　維持～狀態

12 でも　即使

13 主詞は＋對方に＋［動－て形］＋もらう　受到

幫忙

14 ［動ーます形］＋つづける　持續～

15 ～たら　假設

問題2

16 2　**17** 2　**18** 1　**19** 2

20 4

説明

16 会社まで車だと２０分かかります。

17 彼は野球が大好きだから練習に遅れるはずがないよ。

18 日本語で中込書を書いて持って来られますか。

19 この道を行くと図書館があります。

20 パスポートはいつも持っていなければなりません。

問題3

21 1　**22** 3　**23** 4　**24** 2

25 4

第12回

問題1

1 3　2 3　3 1　4 2　5 2

6 1　7 4　8 2　9 3　10 3

11 2　12 2　13 1　14 4

15 3

説明

1 ～てほしい　希望對方能～

2 笑われる　笑う的被動形

3 普通形＋つもり　打算

4 ［動－意向形］＋とした　本來想要

5 起きろ　起きる的命令形

6 ～と思われる　被認為

7 普通形＋ように言われた　被要求

8 ［動－て形］＋おく　預先完成

9 飲まされる　飲む的使役被動形

10 ［動－て形］＋こない　［動－て形］＋くる的否定形；表示動作的持續

11 ［な形－○］＋みたい　好像

12 ～と思う　認為

13 普通形＋だろうと思う　或許；表示推測

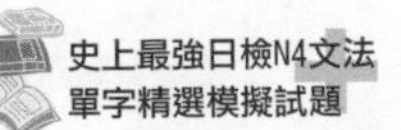

14 ［な形ー〇］＋かもしれない　可能、大概

15 聴ける　聴く的可能形，表示刻意想聽

問題2

16 4　17 1　18 1　19 4

20 3

説明

16 椅子はまだ使いますからそのままにしておいてください。

17 彼はわたしのケーキを食べてしまいました。

18 誰も行きたくないので、1人で旅行することになりました。

19 仕事の関係で、毎回出席できるかどうかわかりません。

20 ここは昔は公園だったと聞いています。

問題3

21 1　22 3　23 2　24 4

25 1

第13回

問題1

1 4	2 1	3 2	4 3	5 3
6 1	7 2	8 4	9 2	10 4
11 2	12 4	13 2	14 4	
15 3				

説明

1 [動ー普通形]+ようにする　表示意志

2 [な形ー〇]+らしい　好像

3 までに　期限

4 [動ーます形]+なさい　命令的口氣

5 普通形+ように言われました　被要求

6 建てられる　建てる的被動形；表示被害的情形

7 [な形ー〇]になる　變得

8 普通形+だろう　或許；表示推測

9 [動ーた形]+あと　~之後

10 ~も~も　也~也~

11 ~より　比~

12 普通形+つもり　打算

13 [動ー辞書形]+まえに　在~之前

14 [な形ー〇]+にする　使~

15 しか＋否定形　　只有

問題2

16 4　　**17** 2　　**18** 4　　**19** 3

20 3

説明

16 ケーキを買おうと思ったのに、お店は休みだった。

17 今日は９時までには帰ろうと思います。

18 暑いので、髪の毛を少し短くするつもりです。

19 雨が降ったために、階段が滑りやすくなっていますから、注意してください。

20 母はどんな料理でもできる。例えばイタリア料理や中華料理などが得意だ。

問題3

21 4　　**22** 2　　**23** 3　　**24** 3

25 1

第14回

問題1

1 2　2 4　3 2　4 3　5 1

6 4　7 2　8 4　9 1　10 2

11 3　12 4　13 3　14 3

15 1

説明

1 ［動－辞書形］＋ところ　正要（還沒進行動作）

2 普通形＋つもり　打算

3 帰らせられる　帰る的使役被動形

4 見える、聞こえる都是自然情況下看到、聽到

5 名詞＋なる　成為～

6 名詞修飾形＋ほうが～　表示比較

7 名詞修飾形＋ために　因為～；原因

8 終わり　終わる的名詞

～にする　使～

9 ［動－意向形］＋と思う　打算要～

10 ［動－た形］＋ほうがいい　～比較好；表示建議

11 ［動－辞書形］＋なら　如果～的話

12 名詞＋のために　為了～

13 ［動－辞書形］＋まえに　　在～之前

14 名詞修飾形＋の　　名詞化

15 降られる　　降る的被動形，表示非自願被害

問題2

16 3　　**17** 3　　**18** 1　　**19** 4
20 2

説明

16 あ、ちょうど今、ご飯ができたところなんですよ。

17 今日は本を読んだり絵を描いたりしました。

18 今から病院に行こうと思います。今日の授業を休ませていただけますか。

19 ごめんなさい、昨日連絡するのを忘れてしまいました。風邪を引いたんです。

20 帰ろうと思ったら、お客様から電話が来た。

問題3

21 1　　**22** 3　　**23** 4　　**24** 2
25 1

第15回

問題1

1 3　2 1　3 2　4 1　5 3

6 4　7 4　8 2　9 1　10 2

11 3　12 1　13 1　14 3

15 4

説明

1 愛される　被愛

2 [動ーて形] +いるところ　正在～

3 [動ーた形] +あとで　～之後

4 名詞修飾形+の　名詞化

5 [動ーない形] +ずに　不～，等同於「～ないで」、せず=しないで

6 通わせる　通う的使役形

7 ～たり～たりする　做～和～；舉例

8 [動ーて形] +みる　試著～

9 さしあげる　あげる、下對上尊敬的用法

10 名詞修飾形+ことになる　事情的結果（通常用於非自願的）

11 普通形+そうだ　傳聞

12 行かされる　行く的使役被動形

13 始まる　　開始（自動詞），尚未開始，故用辭書形

14 食べさせる　　食べる的使役形

15 ［動ー意向形］＋と思う　　打算去做

問題2

16 2　**17** 1　**18** 3　**19** 4

20 2

説明

16 昨日友達に来られて、仕事できなかった。困ったな。

17 出かけようとしたら、雨が降ってきた。

18 彼は、アメリカで働くために、英語を勉強しています。

19 資料を机の上に置いておいてください。

20 このノートには名前が書いてあります。

問題3

21 2　**22** 3　**23** 1　**24** 4

25 1

第 16 回

問題1

1 1　2 4　3 1　4 2　5 2
6 1　7 2　8 4　9 1　10 3
11 2　12 1　13 3　14 1
15 2

説明

1 ［動ー辞書形］＋まえに　在～之前
2 普通形＋つもり　打算
3 しか＋否定形　只有
4 ［動ーた形］＋まま　維持～狀態
5 普通形＋らしい　好像
6 おかけになる　すわってください的尊敬語
お［動ーます形］になる　尊敬語
7 場所＋を散歩する　在～散步（散歩する為移動動詞，助詞用を）
8 ［動ーない形］＋ずに　不～
9 普通形＋そうだ　傳聞
10 ご存じ　知る的尊敬語
11 ところで　轉換話題時用的接續詞
12 の　名詞化

13 褒められる　褒める的被動形

14 ～ほど＋否定形　不如～

15 ～にする　決定

問題2

16 3　17 1　18 1　19 2

20 1

説明

16 お土産を買って帰りたいんだけど、台湾らしいものって何？

17 最近、涼しいですね。秋らしくなってきました。

18 毎月、１０００円ずつ、貯金しようと思います。

19 天気予報で「大体晴れるでしょう」と言ってましたから、歩いていきます。

20 お客さんは３時までに来るはずなのに、５時まで待っても、まだ来ない。

問題3

21 3　22 4　23 1　24 2

25 3

第17回

問題1

1 2　2 4　3 2　4 1　5 4
6 4　7 3　8 4　9 3　10 4
11 2　12 4　13 3　14 3
15 2

說明

1 ［動ーて形］いるところ　正在～
2 ［動ーた形］＋あとで　～之後
3 普通形＋そうだ　傳聞
4 名詞修飾形＋の　説明狀況
5 うかがう　聞く的尊敬語
6 ～にする　決定；選擇
7 名詞修飾形＋ようだ　好像～
8 名詞＋らしい　好像是～
9 疑問詞＋か　不特定的對象
10 ～たり～たりする　做～和～；舉例
11 ～たら　假設
12 ［い形ー〇］＋さ　い形容詞的名詞化；いい→よさ
13 普通形＋かもしれない　可能

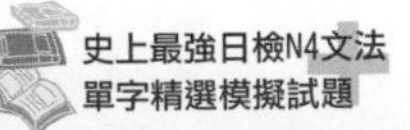

14 でも　　但是；表示和前面看法不同的逆接

15 で　　表示使用的時間長度

問題2

16 1　　**17** 1　　**18** 2　　**19** 4

20 2

説明

16 この道を真っすぐ行って、3番目の角を曲がると右にあります。

17 仕事に遅刻してはいけません。

18 またお酒？飲みすぎると体によくないよ。

10 食堂に入るとだれもいなかった。

20 今日は電車で足を踏まれたし、学校で先生に怒られたし、ついていなかったな。

問題3

21 1　　**22** 3　　**23** 2　　**24** 1

25 4

第18回

問題1

1 2　2 4　3 2　4 3　5 2
6 2　7 4　8 2　9 2　10 3
11 1　12 4　13 3　14 2
15 2

説明

1 でも　　但是；表示和前面看法不同的逆接
2 ～まで　　到～
3 名詞修飾形＋ようだ　　好像～
4 助けられる　　助ける的被動形
5 ［い形－○］＋さ　　將い形容詞名詞化
6 こわがる　　害怕；用於主語是説話者本人以外時
7 申します　　言う的謙讓語
8 名詞修飾形＋ようだ　　好像～
9 の　　名詞化
10 どれか　　某個；不特定對象
11 それで　　然後
12 書ける　　書く的可能形
13 ［動－て形］＋ばかり　　總是、老是
14 普通形＋の？　　表是疑問

15 ［動－辞書形］＋な　表示禁止

問題2

16 1　17 3　18 2　19 1
20 4

説明

16 大事なアルバムをだれかに持っていかれた。
17 これからはたばこを吸わないようにします。
18 すぐ行くので、ロビーで待っていてください
19 先月、東京に有名な神社を見に行きました。
20 危ないから、夜1人で歩くなよ。

問題3

21 3　22 1　23 4　24 2
25 3

第19回

問題1

1 1	2 3	3 4	4 3	5 1
6 3	7 2	8 4	9 2	10 4
11 2	12 4	13 1	14 1	
15 4				

説明

1 名詞＋らしい　像～；有～的風格

2 ～んだ　んだ＝のだ；表示原因

3 止まれ　止まる的命令形

4 いつか　有一天；表示不特定的時間

5 しか＋否定形　只有

6 ［な形－○］＋そうだ　看起來～

7 ～たら　假設

8 も　竟然；強調程度

9 ［動－て形］＋ある　是表示物體狀態

10 普通形＋かもしれない　可能

11 なさいます　する的尊敬語

12 食べた　食べる的過去式

13 ［動－辞書形］＋なら　如果～的話

14 いただく　もらう的謙讓語

15 って　　引用別人的話語；等同於「～」と言った

問題2

16 2　**17** 1　**18** 3　**19** 4
20 1

説明

16 カタカナを覚えるのは大変です。

17 あの日の記憶がまるで昨日の事のようです。

18 メールで連絡したので、課長はそのことを知っているはずです。

19 資料の調べ方がわかりません。だれに聞けばいいですか。

20 デパ地下とか商店街とかで買うよ。

問題3

21 1　**22** 3　**23** 2　**24** 1
25 4

N4

第20回

問題1

1 3　2 2　3 3　4 4　5 4
6 2　7 2　8 4　9 4　10 3
11 2　12 2　13 4　14 2
15 2

説明

1 [い形ー〇]+そうな　看起來～的

2 の　名詞化

～を忘れる　忘了

3 でございます　です的謙譲語

4 痩せる　變瘦（痩せている：很瘦）

5 ～にございます　にある的謙讓語

6 普通形+はず　應該

7 掃除しろ　掃除する的命令形

8 名詞+みたい　好像

9 [な形ー〇]+かもしれない　可能

10 [動ーて形]+いく　去～

11 ご覧ください　見てください的尊敬語

12 どれか　哪一個；表示不特定的對象

13 入れといて　入れておいて的簡縮

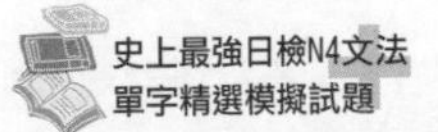

14 ことにする　　決定（因為忙，決定不回去。）

15 普通形＋らしい　　好像

問題2

16 1　　17 2　　18 2　　19 4

20 2

説明

16 もうなれましたが、友達が少なくて寂しいです。

17 寒いですね、温かいコーヒーでもいかがですか。

18 飛行機は5時なんですが、何時までに空港に行ったらいいですか。

19 わからないことがあったら、なんでも聞いてください。

20 課長の奥様は日本にいらっしゃったことがありますか。

問題3

21 4　　22 2　　23 3　　24 1

25 3

第21回

問題1

1 3　2 2　3 4　4 1　5 4
6 2　7 3　8 1　9 4　10 3
11 2　12 4　13 3　14 2
15 1

説明

1 ～も～も　也～也～
2 ［名詞］＋で作る　表示原料
3 ［名詞］に似る　像
4 主詞は＋對方から＋物品をもらう　得到
5 までに　表示期限
　までには　表示在期限前會完成
6 だけ　只有
7 どういう　什麼樣的
8 ［動－て形］＋も　即使～
9 けれど　但是
10 ［動－た形］＋あと　之後
11 大事にする　珍惜
12 ［動－て形］＋ありがとう　感謝對方（［動－て形］為對方的動作）

13 ［い形－〇］＋すぎる　太～

14 主詞は＋對方に＋［動－て形］＋もらう　受到幫忙

15 名詞＋の＋まま　維持～狀態

問題2

16 1　**17** 4　**18** 3　**19** 2

20 4

説明

16 空が暗くなってきたので、雨が降るかもしれない。

17 1時間前にごはんを食べたばかりなので、まだおなかがすいていません。

18 危ないですから、その川で泳いではいけません。

19 あのゲームはおもしろそうだからやってみた。

20 ほかの人に何を言われても自分に自信をもって行動します。

問題3

21 2　**22** 3　**23** 1　**24** 4

25 2

史上最強
日檢N4
文法+單字
精選模擬試題

文字語彙
模擬N4
試題解答

史上最強日檢N4

文法+單字精選模擬試題

第1回

問題1

1 1　2 4　3 2　4 1　5 3
6 1　7 4　8 4　9 1

問題2

10 3　11 2　12 4　13 3
14 2　15 4

問題3

16 3　17 4　18 3　19 1
20 2　21 1　22 2　23 4
24 2　25 3

問題4

26 3　27 3　28 2　29 1
30 4

問題5

31 2　32 3　33 1　34 2
35 2

問題1

1 2　2 4　3 1　4 2　5 4
6 2　7 3　8 1　9 4

問題2

10 1　11 4　12 2　13 3
14 2　15 1

問題3

16 1　17 4　18 1　19 2
20 4　21 2　22 1　23 4
24 2　25 3

問題4

26 4　27 2　28 4　29 4
30 4

問題5

31 2　32 1　33 4　34 2
35 1

第3回

問題1

1 2	2 2	3 4	4 1	5 2
6 3	7 1	8 2	9 2	

問題2

10 4	11 2	12 3	13 1
14 4	15 3		

問題3

16 2	17 4	18 1	19 4
20 2	21 1	22 2	23 2
24 1	25 3		

問題4

26 4	27 2	28 4	29 2
30 3			

問題5

31 1	32 3	33 2	34 1
35 3			

問題1

1 3　2 2　3 1　4 4　5 1

6 3　7 2　8 2　9 4

問題2

10 1　11 3　12 2　13 3

14 1　15 4

問題3

16 4　17 2　18 4　19 2

20 1　21 3　22 4　23 2

24 1　25 3

問題4

26 2　27 4　28 3　29 2

30 2

問題5

31 1　32 3　33 4　34 2

35 4

第5回

問題1

1 3	2 4	3 1	4 2	5 4
6 1	7 4	8 3	9 1	

問題2

10 3	11 1	12 4	13 2
14 3	15 1		

問題3

16 1	17 4	18 2	19 1
20 3	21 2	22 1	23 2
24 4	25 1		

問題4

26 4	27 3	28 1	29 3
30 2			

問題5

31 1	32 4	33 3	34 2
35 3			

第6回

問題1

問題	答案
1	4
2	1
3	4
4	3
5	4
6	2
7	4
8	1
9	3

問題2

問題	答案
10	3
11	3
12	2
13	4
14	1
15	3

問題3

問題	答案
16	3
17	1
18	3
19	1
20	4
21	2
22	1
23	4
24	1
25	2

問題4

問題	答案
26	4
27	4
28	1
29	2
30	4

問題5

問題	答案
31	2
32	4
33	3
34	3
35	1

第7回

問題1

1 2　2 4　3 3　4 1　5 3
6 4　7 2　8 3　9 1

問題2

10 4　11 1　12 3　13 1
14 4　15 3

問題3

16 2　17 4　18 2　19 3
20 1　21 4　22 1　23 3
24 1　25 3

問題4

26 4　27 3　28 1　29 2
30 4

問題5

31 4　32 3　33 2　34 1
35 4

第8回

問題1

題號	答案	題號	答案	題號	答案	題號	答案	題號	答案
1	3	2	2	3	1	4	4	5	2
6	1	7	3	8	4	9	1		

問題2

題號	答案	題號	答案	題號	答案	題號	答案
10	4	11	1	12	3	13	4
14	3	15	4				

問題3

題號	答案	題號	答案	題號	答案	題號	答案
16	1	17	3	18	2	19	1
20	4	21	4	22	2	23	3
24	1	25	3				

問題4

題號	答案	題號	答案	題號	答案	題號	答案
26	4	27	3	28	2	29	1
30	2						

問題5

題號	答案	題號	答案	題號	答案	題號	答案
31	2	32	4	33	2	34	4
35	1						

第9回

問題1

題號	答案
1	3
2	2
3	4
4	3
5	1
6	4
7	2
8	4
9	1

問題2

題號	答案
10	3
11	2
12	4
13	1
14	3
15	2

問題3

題號	答案
16	2
17	1
18	4
19	3
20	1
21	3
22	1
23	3
24	4
25	1

問題4

題號	答案
26	3
27	2
28	4
29	1
30	3

問題5

題號	答案
31	3
32	1
33	4
34	2
35	2

第10回

問題1

1 4　2 2　3 3　4 1　5 3
6 2　7 4　8 1　9 3

問題2

10 2　11 1　12 4　13 3
14 1　15 4

問題3

16 1　17 3　18 2　19 4
20 1　21 3　22 2　23 2
24 1　25 4

問題4

26 3　27 4　28 2　29 3
30 1

問題5

31 1　32 4　33 2　34 1
35 3

第11回

問題1

1 1	2 4	3 2	4 1	5 3
6 1	7 4	8 4	9 1	

問題2

10 3	11 1	12 4	13 3
14 2	15 4		

問題3

16 3	17 4	18 3	19 1
20 2	21 1	22 2	23 4
24 2	25 3		

問題4

26 3	27 3	28 2	29 1
30 4			

問題5

31 2	32 3	33 1	34 2
35 2			

國家圖書館出版品預行編目資料

史上最強日檢N4文法+單字精選模擬試題 / 雅典日研所編著. -- 初版. -- 新北市 : 雅典文化, 民103.10
面 ; 公分. -- (日語高手 ; 7)
ISBN 978-986-5753-24-5(平裝附光碟片)
1.日語 2.語法 3.詞彙 4.能力測驗
803.189 103016303

日語高手系列 07

史上最強日檢N4文法+單字精選模擬試題

編著/雅典日研所
責編/許惠萍
美術編輯/林子淩
封面設計/劉逸芹

法律顧問：方圓法律事務所/涂成樞律師

總經銷：永續圖書有限公司
永續圖書線上購物網
www.foreverbooks.com.tw

CVS代理/美璟文化有限公司
TEL：(02) 2723-9968
FAX：(02) 2723-9668

出版日/2014年10月

雅典文化

出版社
22103 新北市汐止區大同路三段194號9樓之1
TEL (02) 8647-3663
FAX (02) 8647-3660

日語高手
07

史上最強日檢N4文法+單字精選模擬試題

雅致風靡　典藏文化

親愛的顧客您好，感謝您購買這本書。

為了提供您更好的服務品質，煩請填寫下列回函資料，您的支持是我們最大的動力。

您可以選擇傳真、掃描或用本公司準備的免郵回函寄回，謝謝。

姓名：	性別：　□男　□女
出生日期：　年　月　日	電話：
學歷：	職業：　□男　□女
E-mail：	
地址：□□□	
從何得知本書消息：□逛書店 □朋友推薦 □DM廣告 □網路雜誌	
購買本書動機：□封面 □書名 □排版 □內容 □價格便宜	
你對本書的意見： 內容：□滿意□尚可□待改進　編輯：□滿意□尚可□待改進 封面：□滿意□尚可□待改進　定價：□滿意□尚可□待改進	
其他建議：	

剪下後傳真、掃描或寄回至「22103新北市汐止區大同路3段194號9樓之1雅典文化收」

您可以使用以下方式將回函寄回。

您的回覆，是我們進步的最大動力，謝謝。

① 使用本公司準備的免郵回函寄回。

② 傳真電話：（02）8647-3660

③ 掃描圖檔寄到電子信箱：

yungjiuh@ms45.hinet.net

沿此線對折後寄回，謝謝。

廣 告 回 信
基隆郵局登記證
基隆廣字第056號

221-03

雅典文化事業有限公司　收

新北市汐止區大同路三段194號9樓之1

雅致風靡　典藏文化